ドクター・ホフマンのサナトリウム

~カフカ第4の長編~

ケラリーノ・サンドロヴィッチ

Dr.Hoffmann's sanatorium

~a 4th long piece by kafka~

Written by Keralino Sandorovich

論創社

目次

ドクター・ホフマンのサナトリウム　～カフカ第4の長編～

主要登場人物

カーヤ
ラバン
ガザ

乗客1
乗客2
乗客3
乗客4
乗客5
乗客6
車掌

兵士A（バルナバス大尉）
兵士B（クラム中尉）

オルガ（レ二の母）
レ二（列車の中の妊婦）

マルベリ（ラバンとガザの母）
アマーリア（小間使い）
ピアンタ（食堂の女主人）
ムスカル（墓にいる男）

フランツ・カフカ
ドーラ
ホフマン
看護婦
別の看護婦

男1（ブロッホ）
男2（ブロッホの友人）
女1（フリーダ・ブロッホの妹）
女2（フリーダとブロッホの祖母）

少女（ユーリエ）
女3（ユーリエの母）

男3（ユーリエの父）
男4（カバンを届けに来た男）

編集者A
編集者B
編集者C
編集者D

社長
社長の秘書

別の兵士（トルソー中尉）
太った退役軍人
門衛主任
タイピスト

軍人
司令官
処刑人
兵士

マグダレーナ
グレーナ
インドラ

救急隊員
葬儀屋
郵便配達

礼拝者

芝居は、フランツ・カフカが遺したとされる未発表原稿における小説の中の世界（A）と、その小説の原稿を巡ったり巡らなかったりの、外の世界（B）を交互に見せる。二つの世界の基調となるトーンを乱暴に言うなら、Aはシリアス、Bはコミカルということになろうが、やがて境界線は曖昧《あいまい》になり、最終的には混在することになるだろう。

■所：　小説の中は、特定できぬ国のどこか。
　　　小説の外は、チェコらしき国のどこか。

■時：　小説の中は、特定できぬ時代。
　　　小説の外は、現代（二〇一九年）及び一九二三年。

■空間：舞台上はどこにでもなる。
　　　大小幾多の階段が床面、頭上、舞台奥等に存在し、実際に上り下り（登退場）が可能な階段もあれば、そうでない階段もある。

椅子、机、柱、電気スタンド、ドア、本棚、その他の小道具は原則として、シーンとシーンの合間、あるいは先行してシーンが始まったあとに、ダンサー、俳優によって移動される。

舞台後方には奥行きの三割ほどを占める、何層もの階段で構成されるいびつな山があり、この山は必要に応じてフォルムを変える。また、いくつかに分断され、移動することもある。演奏者や、進行中のシーンに登場していない人物が、この山のそこかしこに散在していることも、多々ある。この山の前面には幕が昇降し、舞台のエリアを前三分の二ほどに限定する。この幕はスクリーンとしても機能し、舞台前方から投影される映像を映し出す。

1

客電の落ちゆく中、楽隊による演奏が聞こえ始め、幕には次のような字幕が浮かぶ。

『フランツ・カフカは「城」「審判」「変身」等、謎《なぞ》めいた小説を書き続け、』

『一九二四年、四一歳の誕生日を目前にして他界した。』

『その作品のほとんどは彼の死後に発表されたものであり』

『生前、労働者災害保険局の局員だった彼を作家とみなした人間は、ごくごく少数だった。』

『ある地点からは、もはや立ち帰ることはできない。その地点まで到達しなければならぬ――フランツ・カフカ』


楽隊の演奏と激しい走行音の中、出演者たちが舞台に現れ、列車の乗客席が出来上がる。

（出来上がった乗客席は、流れの中でフォルムをいくつか変容させる）

向かい合って座っているのはカーヤとラバン。ラバンはどこの国のものかわからない軍服を着ている。他にも、着席している乗客、立っている乗客が、合わせて十三、四名はおり、車体の揺れに合わせて揺れている。窓の外を景色が激しく流れている。

と、不意に演奏がやみ、照明がカーヤとラバンを照らす。カーヤは眠っているようだ。

同時に、列車の走行音も窓の外を流れる景色も、穏やかなトーンになっている。

ラバン、カーヤの寝顔を愛おしむように眺め、彼女が膝にかけていたストールがずれ落ちそうになっているのを直してやる。と、カーヤが小さな呻《うめ》き声と共に目を覚ました。

カーヤ　……。
ラバン　起きたかい？
カーヤ　今どこなの？
ラバン　まだヴェストヴェスト。この列車君が眠ってる間ずっと停まってたんだ。疲れた鹿が線路に横たわってて。やっと動き出したところだよ。
カーヤ　鹿……⁉
ラバン　疲れた鹿が線路に。
カーヤ　(蒼褪《あおざ》めて)でどうしたの⁉　轢《ひ》いたの？
ラバン　まさか。なだめてどかしたよ。
カーヤ　(安堵《あんど》して)よかった……。
ラバン　車掌も運転士も小さい頃から誰かをなだめるのが不得手な人間だったんだな。仕方がないから僕がなだめに行った。
カーヤ　ラバンが？

ラバン　すぐにどいてくれたよ。疲れた鹿は疲れていただけなんだ。
カーヤ　そうなの……大変だったのね……。
ラバン　いいやちっとも。
カーヤ　ごめんなさい。そうとも知らずに。
ラバン　いいんだよ……。うなされてた……？
カーヤ　……嫌な夢をみたの。あたしたちがまだ学校に通ってた頃の夢……。
ラバン　どんな夢？
カーヤ　聞いたってつまらないわよ……。
ラバン　そんなことないよ。どんな夢？
カーヤ　……じゃあ話すけど……夢ですからね。気にしないでね。
ラバン　え……？
カーヤ　不幸の始まりはヴィツェックの回した独楽《こま》よ……学校の門を入るなり、ヴィツェックはその日お父さんに買ってもらったばかりだっていう緑色の独楽を回し始めたの……同級生たちは男子も女子もみんなあっという間に夢中よ……。ラバン、あなただって。
ラバン　(少し笑って) ヴィツェックか……元気かな。卒業してすぐ家族で引っ越して、南の方でお父さんが新しい商売を始めたらしいけど、あいつも手伝ってるのかな。冷えてきたな……寒くない？
カーヤ　あたしは大丈夫。ありがとう。ラバンこそ。
ラバン　僕は平気さ。それで？

カーヤ　（話を戻し）でね、あたしは独楽なんかどうでもよかったから、早く体育館へ行きたくてあなたのことを見たの……でもあなたはあたしのことなんか知らんぷりで、くい入るように独楽を見つめてるのよ……。（と、拗《す》ねるような咎《とが》めるような目でラバンを見る）

ラバン　夢はね。

カーヤ　門の中にはあっという間に人だかりができたわ……独楽はブンブン唸《うな》りながらすごい勢いで回り続けてるの……。

ラバン　（周囲を眺め回して）汽車の音がそんな夢をみさせたのかな……。

カーヤ　生徒だけじゃなくて先生たちまで来て……「独楽だ独楽だ」って……。ブルト先生なんかなんのつもりか笛を吹きながらやってきたのよ。

ラバン　ブルト……。

カーヤ　物理の。ブルト先生。

ラバン　ああ……つい最近亡くなったんだってね。母さんからの手紙に書いてあったよ……。

カーヤ　そう……お気の毒に……。

ラバン　なんかひどい事故で。苦しんだらしいよ。どんな風にひどくてどんな風に苦しんだのか聞いても、母さん教えてくれないんだ、「おまえはまだ子供だから」って言って。徴兵検査に受かった日には「おまえももう大人なんだね」って小踊りしたクセに……。

カーヤ　……。

ラバン　（ふと）お腹すかない？

カーヤ　んんすかないわ。
ラバン　あと二十分もすれば次の駅に着くだろうから、サンドイッチでも買って食べようか。
カーヤ　いいわよそんな贅沢《ぜいたく》。
ラバン　いいじゃないかサンドイッチぐらい。初めての旅行だぞ。
カーヤ　そうね……。
ラバン　そうだよ。（当然のように）結婚したらさぁ、
カーヤ　（不意を突かれて）え……？
ラバン　結婚したらさ、
カーヤ　誰が？
ラバン　（何を言い出すのかとばかりに）僕達だよ。
カーヤ　ああ……。（嬉《うれ》しい）
ラバン　結婚したら三年か、できれば二年に一度は旅行に行きたいね。できるだけ遠い所へ。
カーヤ　（思わず敬語になって）はい……。
ラバン　行こう、ふたりで。あるいは三人か、四人か五人かで。
カーヤ　それは……子供のことを言ってる？
ラバン　（当然のように）そうだよ。
カーヤ　あたしと、ラバンの……。
ラバン　もちろん。
カーヤ　……。

ラバン　そうか、犬も飼いたいって言ってたね。
カーヤ　(うなずいて)飼いたい……。
ラバン　飼おう。

ラバン、カーヤの手をとると、その甲にやさしくキスをする。

カーヤ　……。(とても嬉しい)
ラバン　(ややあって、微笑《ほほえ》んだまま)弟と花を摘みに行ったんだって?
カーヤ　(ギョッとして)え……?
ラバン　ガザと。森のはずれの木こりの家の裏手に。あいつからの手紙に書いてあったよ。
カーヤ　行ってないわ、ガザと森のはずれの木こりの家の裏手になんか。
ラバン　そう……でも花を摘みには行ったんだろ?
カーヤ　行ってないわよ。
ラバン　おかしいな……手紙にはそう書いてあったんだけど……。
カーヤ　どうしてそんな嘘を書くんだろう……。
ラバン　いいんだよ。あいつとは仲良くしてやってほしいんだ。あいつには母さんもつらくあたるだろ。友達もみんな兵隊にとられて、とうとう兄貴の僕もいなくなって、きっとさみしいと思うんだ。誰か話し相手になってくれる人がいないとさ。
カーヤ　そりゃたまに話ぐらいはするけど……話しかけられればね。

ラバン　いい奴《やつ》だろ。少し変わってるけど。
カーヤ　（消極的に）うん……。
ラバン　え、「うん」って言うのは？「いい奴だろ」にかかってるの？「少し変わってるけど」にかかってるの？
カーヤ　（その執拗《しつよう》さに困惑しながら）両方。
ラバン　うん。
カーヤ　うん……。
ラバン　もし何か困ったことがあった時にはいつでも家《うち》に相談に来るんだよ。僕はいないけど、母さんかガザが親身になって聞いてくれるから。
カーヤ　うん、ありがとう。
ラバン　夜中でも明け方でも、気を遣う必要なんかまったくないんだからね。
カーヤ　うん……。
ラバン　寒い晩は家《うち》に来て眠ればいいよ、僕の部屋で。
カーヤ　ええ……。
ラバン　フフフ……母さんも君のこと娘みたいだってさ……。
カーヤ　書いてあったのね、手紙に。
ラバン　書いてあったよ。
カーヤ　うん……。
ラバン　（ハタと）それで？

カーヤ　え？

ラバン　夢の続き。途中だよまだ。ヴィツェックが緑色の独楽を回して、皆が夢中になって、僕も夢中で、ブルト先生がやってきた。

このあたりまでに、カーヤの席とラバンの席はかなり離れた位置関係になっている。

カーヤ　ああ……。独楽は見たことのないような速さで回り続けてるの……見ていた人達の顔から笑顔が消えていったわ……きっと独楽が恐ろしく思えてきたからよ……だけど、それでも誰一人独楽から目を離さない……その時よ……風に攫《さら》われたのかしら、あなたが空中に浮かび始めたの。

ラバン　え……。

カーヤの表情も、何か恐ろしいことを語っているかのように硬直していて――。

カーヤ　だけどあなたは独楽を見つめたままなの……気づいてないんだわ、自分がどんどん地面から離れて空に向かっていってることに……あたしは叫んだわ、「助けて！　みんな！　ラバンが！　ねえみんな！」。

不意に列車が急停車した。

カーヤ　なに⁉　どうしたの⁉
ラバン　次の駅に着いたんだ。（と立ち上がる）
カーヤ　（急速に心細くなって）どこ行くの……⁉
ラバン　何か食べる物を買ってくるよ。
カーヤ　待って。行かないで。
ラバン　すぐ戻るよ。
カーヤ　ラバン……！

ラバン、去っていってしまった。

カーヤ　ラバン！

カーヤの近くにいた乗客（乗客1・女性）が嗚咽《おえつ》し始める。
カーヤ、不審に思ってそちらを見るが、周囲の客は気にも留めぬ様子で、能面のごとき表情をしたまま押し黙っている。

カーヤ　（ので、乗客1に）……どうされました……？（遠慮がちに）大丈夫ですか……？
乗客2・女性　（以下、小さな声で、乗客3に）それからどうなったのかしら。

カーヤ　？（と見る）
乗客2　同級生たちは気づいたのかしら？　彼が空に向かって浮かんでいってしまってることに。
カーヤ　気づきましたよ。一人の男の子が声をあげたんですよ。「大変だ、ラバンが飛んでるよ！」。
乗客3・女性　!?

乗客4・男性がなんだか悲痛な表情でリンゴを齧《かじ》る。その音が過剰に大きく響く。

カーヤ　!?
乗客5・男性　（乗客3に）それでラバンもようやく自分が浮かんでいることに気づいたんですね。
乗客3　そう。まだその時は、彼の目にはしっかりと見えてたはずですよ。ですから、同級生たちの差し出した手が。大声でわめいて開いた口が。
カーヤ　（思わず腰を上げ）私の夢です。

乗客たちが一斉に、こわばった表情でカーヤの方を向く。

乗客3　（恐れるようでもあり咎めるようでもある目で、カーヤに）なんですか……!?
カーヤ　（気圧《けお》されつつも）私の夢ですから……それ私がみた夢なんです……！

乗客1　（突如、わっと泣く）
カーヤ　!?……どうなさったんですか!?
すぐさま乗客4がリンゴを齧る。過剰な音。
乗客6・男性　（何かが我慢ならないかのように）ああ……！
カーヤ　……！
乗客2　（乗客3に）それで……!?
乗客3　同級生たちがこうやって手を高々と挙げて夢中で指をさしている。ラバンは空中で苦しそうにもんどり打っています。
カーヤ　やめて……
乗客3　あちこちで「先生！　先生！」と呼ぶ声がして、ブルト先生の隣にしゃがみ込んで独楽を見ていた校長先生が、眼鏡をずらすようにして振り返りました。生徒をかきわけて壁際まで行って手をかざすと、ちりのように小さくなったラバンに目を凝らします。
カーヤ　やめてください……！
乗客3　枯葉色の空のぼやけた照り返しの中、校長先生の顔が蒼褪めました。そしてつぶやいた。「あいつの名前を名簿から削除しなくちゃな」。
大きな汽笛音と共に列車が走り出す。

カーヤ　！

窓の向こうの景色が歪んでいく。

カーヤ　ラバン！（誰にというでもなく叫んで）止めてください！
乗客1　（嗚咽しながら）きっともう、あなたは彼には会えないわ……！
カーヤ　え……

いきなり乗客6・男性が声をあげて乗客1に抱きつく。乗客6はむしろ哀しそう、あるいは苦しそうな表情で、二人して床を転げまわる。
乗客4、5が連続してリンゴをむさぼるように齧る。
乗客6は乗客1に馬乗りになり、苦しそうに腰を動かしている。乗客1は抵抗するでもなく、嗚咽まじりに喘《あえ》いでいる。
他の乗客たちは無言で目合《まぐわ》う二人に近づき、ただ見つめている。
乗客2が抱いていた赤子がけたたましく泣き始める。

カーヤ　ラバン！（奥に向かって）止めてください！（と拳《こぶし》で窓ガラスをたたく）止めて！　ラバン！　降ろして！

カーヤ、乗客の一人が床に落としていた杖を拾い上げると、それで窓ガラスを割る。
激しい音と映像効果。
そして大オープニングへ——。

2

男1の声。ほどなく机に座ってパソコンを打っている彼の姿が見える。

男1　（打ちながら読みあげ）こうしてカーヤを乗せた列車は恋人を待たずに走り去った……。
以上が、この度《たび》奇跡的にわが家で発見されました、かのフランツ・カフカ氏の未発表原稿の冒頭部分であります。小生のような文盲《もんもう》には到底理解し難《がた》い内容ではありますものの、芸術的、文化的価値の大きさ、その計り知れぬほどの大きさは、火を見るよりも明らかであることは、申し上げるまでもございません。つきましては、以前お送りしたお手紙に記しました通り、あらためて御相談いたしたく存じます。もしも貴殿の出版社からこの小説を出版していただくことになった場合……（考えて）貴殿の出版社よりの出版を、当方が許可した場合……許可……（考えて）許諾、許諾させていただくとした場合……、（考える）

少し前から男2の姿が見えている。
ノートの置かれた粗末なテーブルに座って、傍らにはジョッキのビール。スマホを見ながら大き目のボウルに入ったチリをズルズルとすすっている。

男2　「いくらもらえますか」でいいじゃねえか。
男1　それは露骨すぎるよ。
男2　どうして。正直に書いた方がいいよ。「借金まみれで金が必要なんです」って。本当のことなんだから。だっておまえさんいくらもらえるのかが知りたくて書いてるんだろう？
男1　もちろんそうだけどね。それだけじゃないんだから。読み終わった？
男2　何を？
男1　何をじゃないよ。原稿。ノート。
男2　なんだよ原稿（って）、ああ原稿か。これから読もうと思ってたところだよ。
男1　（男2の所へ行き）読まないなら返せよ、大事な原稿なんだから（とノートを見て）わ。なにこぼしてんだよシミだらけじゃないか！
男2　チリだよ。チリソース。
男1　気をつけて扱えってあれほど言っただろおまえは！
男2　だからチリソースだって。おまえもう大人なんだからチリソースぐらいでクヨクヨするんじゃないよ。
男1　（かぶせて）どれだけの価値があるかわかってるのかこのノートに⁉　フランツ・カフカの未発表の小説の原稿だぞ！　読んだことあるのかカフカ！
男2　ないよ。あるの？

男1　ないよ！　でもこれは読んだ。
男2　うん、あとあれだろ、先週図書館から借りてた、
男1　『すぐわかるカフカ入門』？
男2　『カフカ入門』、すぐわかる。
男1　読んでない。
男2　読めよ入門ぐらいはさ。借りたんだからさ。すぐわかるんだから。
男1　あの本な、カバーはずしたらな、『やさしい道の迷い方』だった。
男2　なんだその本。
男1　いたずらだろう誰かの。
男2　ひどいな。
男1　おかげで今朝もパン屋行った帰りにそのへんの道グルグルグルグル、
男2　読んだんだ『やさしい道の迷い方』。
男1　読むだろう。思わないからな、まさか違う本だなんて。
男2　読み終わるまで思わないか？
男1　ああもう！（とノートのシミを袖かどこかで拭いて）ああ広がっちゃった！
男2　馬鹿、駄目だよこすっちゃ。
男1　……。
男2　読むよ。（とノートを奪い返し、開ける）
男1　読んでる間は食べるな……！（とパソコンの方に戻る）

男2　わかってるよ。（とノートに目を落とし）あれ!?
男1　（ドキリとして）なに。
男2　（神妙に）読めねえ。どうして読めねんだろう。
男1　眼鏡をかけてないからだよ。
男2　眼鏡だよ。眼鏡がないと読めませんよ私の場合、目はあっても。だから何かを読む時にはまず目があるかどうかを確かめて、あ、あるなと思ったら次に眼鏡を……（と探すが無くて）どこだ眼鏡。
男1　（見ずに）知らないよ。
男2　あ……。

男2、男1の目を気にしながら、チリの入ったボウルの中からそっとビショビショの眼鏡を取り出す。

男2　わ……。（とボウルの上でチリの雫《しずく》を切り、一瞬どうしようか考えて原稿になすりつける）
男1　（気づいて）何をやってるんだおまえは！
男2　拭くもの。

ドアが開き、女1（男1の妹）が封筒とバッグを手に帰宅してくる。

女1　ただいま。あ、まだいた（男2のこと）。
男2　フリーダちゃん、拭くもの。
女1　え？（男1に）兄さん、手紙。
男1　誰から？
女1　え？（と手にした封筒の裏を見る）
男1　（と聞きはしたものの）拭くもの。（と隣の部屋へ走り去る）
男2　（男1の背に）あ俺にもね。
女1　（手紙の文字が小さくて読めず、近づけたり遠ざけたりして）えー……

女1、男2の手から眼鏡をとって、当然のように自分がかける。

男2　あ。
女1　（読んで）「クルト・ヴォルフ出版」。
男2　ああ。
女1　……何あの機械。（男1が打っていたパソコンのこと）
男2　パソコン、ウチの娘が使ってたやつ。

男2、次の台詞の中で、女1がテーブルに置いた手紙を素早く上着の内ポケットにしまう。

男2　「これからは彼氏のを一緒に使うんでもういらねえ」って抜かすからさ、持ってきてやったんだよ親友のために。
女1　(画面を覗《のぞ》き込んでいる)
男2　……あれはすぐ別れると思うけどな、ロクでもねえポンコツ野郎だよ、あっちこっちに刺青入れやがって。
女1　なにこれ……。
男2　だからメールだよ。例の出版社への。いいかげん携帯電話ぐらい持った方がいいんじゃないのか、おまえさんも兄貴も。便利だよスマホ。信じられねえだろうけど、撮った写真の顔だけ赤ん坊にできんだよ。気持ち悪いぞぉ。なにが悲しくてあんなもの作ろうなんて考えるんだろう。
女1　(メールを読み終わる)……。
男2　見込みねえんじゃねえかな……手紙の返事も来ねえんだろ？　電話しても留守電になっちゃうっていうじゃないか。出版する気ないよ。逃げてんだよ。絶望的。だけどそうは言えねえからなあいつには、そりゃそうだよ、言えるわけねえよ、おまえさんの兄貴とは親友なんだから。だろ？
女1　絶望的か……そうよね……。
男2　と思っといた方が……わかんねえよ……大丈夫かも。大丈夫だよきっと。
女1　……。

男2　でも万が一にも駄目だった時のためになんとか手だてを考えねえとな。俺も考えるよ。わかるもん、どんだけ切羽詰《せっぱつ》まってるか。チリだっていつもより豆の量少ねえなと思ったもん……。

女1　（むしろやや威圧的に）ごめんね。

男2　いやいや、いいんだよ。うまかったんだから。うまきゃどうでもいいんだよ豆の量なんてよ。最高だよフリーダちゃんの作るチリは。……そうだよな、スマホどころじゃねえよな……。

女1　絶望的ならモールなんて送ったって仕方ないよね。

男2　モール？　メールね。

女1　メールなんて送ったって。

男2　（苦笑して）うんでもあいつは思ってないからね絶望的だなんて。

女1、他意なく、ふとパソコンのキーを触る。

女1　あ。

男2　あ。

女1　（男2を見る）……。

男2　消しちゃったね。

女1　……。

男2　あいつ四時間半もかけてようやくあそこまで書いたのに……（パソコンを指して）消える方が悪いよ。

女1　戻せないの？

男2　え……（とあれこれいじってみるが突然諦《あきら》めて）わからねえよ俺はこういう機械は。娘のだもん。

女1　……（代わって、わからないなりに操作。で何かわかったのか）あ、そうか。

女1、そう言ってキーをポンと押すと、パソコンから『プリティ・ウーマン』のサントラが流れる。

女1・男2　（しばらく聴いていたが、つい唄って）♪プリティウーマン。

何回か唄う。で、唄ううちに、なんだか微妙にいいムードになるが、音楽はノイズ音と共に止まる。

男2　（パソコンが）駄目だね。（男1のことを）大丈夫だよ。あいつ書いた内容大体覚えてるだろうから。自然に消えちゃったって言やぁ。人間自然には逆らえねえよ。それで眼鏡は返してくれないの？

女1　え？

男2　え？
女1　これあたしの眼鏡よ。
男2　（面喰らって）違うよ。俺の。
女1　どうして。
男2　どうしてって俺んだよ。だって今――、（言葉を探す）
女1　ああそう……。（今ひとつ釈然とせぬが、外して返す）
男2　うん……。（受け取る）

女1、足早にテーブルの方へ行き、男2が食べていたチリのボウルの中を探すような――。

男2　何やってるの？
女1　（小さく）おかしいな……。
男2　え……？
女1　（まだ探して）あれぇ……。
男2　（もしや、と眼鏡をはずして確認し）あ、これフリーダちゃんの眼鏡だ。
女1　ほらぁ。

女1、眼鏡を受け取ってかける。

男2　（混乱して）ええ……⁉

隣の部屋から男1が戻ってくる。

男1　駄目だ……どんなに拭いてもまったく落ちない……。
女1　なに、どうしたの？
男1　（話すのすらつらく）なんでもない。図書館行ってきてくれた？
女1　行ってきた。
男1　（女1がバッグから本を出す中）ありがとう。
女1　これはあたしが借りた本だ。
男2　（その本を手に取って表紙のタイトルを読み）『あまり苦しまずに済む心中の仕方』。
女1　！（と本を男2の手から乱暴に取り上げる）
男1・2　（それぞれの気まずさで）……。
女1　（その様子に）なに……？
男1　別に。
女1　（男1に）やだ、読むだけよ……。
男1　（男2に）読むだけだよバカ……。
男2　読むだけだろ、きっとそうだろうなぁと思ってたよ。

女1　はい。（ともう一冊出して）ほんとタチの悪いいたずらをする人がいたもんよね。（主《おも》に男2に）『やさしい道の迷い方』。ところがホラ、カバーを、はずすと……（とはずして）ジャーン、『スティーブ・ジョブズに学ぼう』。

男1　……え⁉

女1　いたずらよ間違いなく。

男1　なんだその本。

女1　だから学ぶんでしょ、スティーブ・ジョブズに。

男1　何を。（男2に）誰だシュティーブ・ジョブズって。

男2　俳優だよ。

男1　俳優か。

短い間。

男1　フリーダ、あのな。兄ちゃん別に、いたずらを確かめたくて『やさしい道の迷い方』を借りてきてほしいと言ったわけじゃないんだよ。

女1　え？

男1　先週『すぐわかるカフカ入門』を借りてきたら『やさしい道の迷い方』だったから、じゃあきっと『やさしい道の迷い方』を借りてくりゃ

男2　（遮《さえぎ》って、女1に）わかってるよなぁそんなことは。

女1　（ハタと）ああそうかごめん！
男2　⁉
女1　じゃあこれ意味ないわ。駄目じゃないの！（と本を床に叩きつける）
男1　駄目だよ！
男2　（本を拾い上げながら女1に）駄目じゃねぇよ。聞いてくれよ、俺なんかさ、昨日自動販売機で缶ビール買おうと思ってね、金入れて缶ビール押したら、マンゴーミルクが出てきたんだよ。
男1・女1　へぇ。
男2　違う違う、話はまだまだこれから。俺マンゴーミルクなんか飲みたくねぇからさ、ちょうど今のおまえと一緒だよ。
男1　……。
男2　だからこの場合缶ビールが『すぐわかるカフカ入門』でマンゴーミルクが『やさしい道の（迷い方）』
男1　（遮って）わかってるよ言いたいことは。
男2　わかってるか、だったら言わせんなよ。で、じゃマンゴーミルクを押しゃ缶ビールが出てくるはずだと思ってもう一回金入れて押したさ。（もったいぶった口調で）そしたら……
女1　マンゴーミルクが出てきたんでしょ。
男2　なんでわかったの。何度やっても出てくるのはなぜかマンゴーミルクなんだよ。

女1　マンゴーミルクを押すからよ。
男2　そうなんだけどね、思っちゃうんだって、「次こそは」「次こそは」って……ったく男ってのは……一日分の日当がパーだよ。うん。つまりこの話から得る教訓は、おまえの状況にあてはめると、『やさしい道の迷い方』のカバーをとってみて、『やさしい道の迷い方』じゃなかっただけマシ。不幸中の幸い。
男1　いいよ、あとで自分で行って借りてくるよ、出版社へのメール書き終わったら。（とパソコンの方へ）
男2・女1　……。
男1　……あれ⁉
男2・女1　……。
男1　（男2を振り向き）触った⁉
男2　え？
男1　パソコン！
男1　（知らばっくれて）触ってねえよ。（すぐに）触ったよ。家《うち》から持ってくる時に。触らなきゃ持てねえもん。

男1、キーを乱暴に操作し、なんとか復元を試みるが無駄な努力。
男1、床に膝を折る。男1、泣いているようでもあり——。
間。

女1　兄さんごめん、あたしが触ったら消えちゃった。

男2　（女1に）いいんだよ。（男1に）また打ちゃいいじゃねえかよ……！　ショック受け過ぎだよ、ちょっとばかりメールが消えちゃったぐらいで……！

男1　このことだけじゃない……あの日から何もかもうまくいかなくなった……もう何も確信がもてない……歩き出そうとしたって無駄だ、どうせすぐにつまずく。一番いいのはもう一生倒れたままでいることだ……！

男2　おい……。

男1　今朝パン屋の帰り道にまたあいつらに会ったよ……。

女1　取り立て屋？

男1　道に迷って困り果てていたら、すぐ道路渡ったところに交番が見えた……しめたと思ったら道を渡る途中でまた迷ってしまった……そこにあの大雨だよ……。

男2　今日雨なんか降ってねえよ……。

男1　慌《あわ》てて飛び込んだ建物が金融会社だった……。来週までに全額返済しないと家に火をつけるとさ……。

男2　あきらめるなよ……その原稿だってまだ出版できるかもしれないんだから。なあフリーダちゃん。

と見ると女1は『あまり苦しまずに済む心中の仕方』を読んでいるので、

男２　何読んでんの！　あまり苦しまずに済むったって少しは苦しいんだから！
女１　（読みあげて）「彼は自作にきびしかった。むしろ気むずかしかったと言っていい。この人にとって自分が書いた大方が、みじめな失敗作だった。
男２　うん、だからって死んじゃったらおしまいだよ。（男１に）だろ？
女１　あるいは単に『悪い夢を綴った』だけ、だから焼き捨てるのが最上というもの。」
男１　おい、その本……。
女１　（「⁉」となってカバーを素早くとり）『すぐわかるカフカ入門』！
男１　よし！
男２　よし！　なんだか急に運が向いてきたような気がするだろ……⁉
男１　する！
男２　するよ。簡単だ人間なんて……！
男１　どれ。（と本を受け取ろうとする）
女１　ちょっと待って。これお婆ちゃまのことじゃない？
男１　婆ちゃん？
女１　（読みあげて）「その日、キーアリング療養所近くの公園を散歩していたカフカと恋人ドーラは、わんわんと大声をあげて泣いている一人の少女に出会った。」
男１　（ほとんど感動して）ああ、婆ちゃんだ！（本を受け取り、続きを読みあげて）「すっかり打ちひしがれた様子の少女にカフカが『どうしたの？』とたずねると、少女は泣きな

がら、

別の空間に少女の姿が見える。

少女　お人形さんがいなくなっちゃったの……。
男2　（本を読みあげ）「と言った。カフカは少女をなだめるように」
男1　（少女に話しかけるように）君のお人形さんはね、今ちょっと旅行に出てるだけなんだ。本当だよ。おじさんに手紙を送ってくれたんだから。
少女　ヨゼフィーネちゃんが⁉
男1　そう、ヨゼフィーネちゃん。封筒に〝ヨゼフィーネより〟って書いてあった。
少女　そのお手紙、持ってるの⁉
男1　いや、お家《うち》に置いてきちゃったんだ。でも明日、ここに持ってきてあげるよ。
少女　本当に⁉
男1　ああ、約束だ。
少女　ありがとう！

少女、消える。

女1　本当だったのね、いつもお婆ちゃまがしてくれてた話。

男1　（嬉しそうに）バカ本当に決まってるじゃないか。疑ってたのかおまえ。
女1　疑ってなんかいないけど、まさかこんな本にまで載《の》るほど有名な話だなんて。
男1　バカ、載るよ！
男2　え、今の話、おまえんちの婆さんどこに出てきた？
男1　え？
男2　え？（一瞬考えて女1に）これいつの話？
女1　え？
男2　え？（一瞬考えて）カフカってだいぶ昔の人？
男1　何を言ってるんだおまえは。（ハタと女1に）あ、手紙は？
女1　え？
男2　じゃあ俺そろそろ。
女1　あ。（と事もなげに男2の上着の内ポケットから出す）
男1　え。
男2　違うんだよ。
男1　（受け取って差し出し人を読んで）クルト・ヴォルフ出版！（慌てて封を切る）
男2　あ、元少女。

女2（男1の祖母）が来ていた。古ぼけた人形を抱いている。

女1　お婆ちゃまどうしたの？
男2　（女2本人に）まだ自分のこと魔法使いだと思ってるのかい？
女1　（やや小声で）たまによ。（女2に）どうしたの？　お腹《なか》がすいたんですか？
女2　誰の？
男2　お婆ちゃんに聞いてんだからお婆ちゃんのお腹だよ。まあ座りなよ。俺帰るところだから。
男1　（手紙に目をやったまま、きつい口調で男2に）待てよ……。
男2　ところがそうもいかねぇんだよ、俺殴られたくねぇから。だけど大丈夫だよ親友なんだから。

男2、逃げるようにドアの外へ出ていこうとする。

男1　（捕まえて）待てよ！
男2　（もみ合いながら）今度ちゃんと謝るから。
男1　今謝れよ！
男2　駄目駄目駄目、今じゃおまえ謝っても許さねぇもん。（振りきって行き）よくわかってんだ、親友のこたぁ。
男1　おい！

男2、ドアを飛び出して行ってしまった。

男1　……。

女2　諦めなさい。あの人は始めからいなかったんですから。少しの間お婆ちゃまが出してあげただけなの、あなたお友達がいないから……。

男1　(苦笑しながら)ありがとう……でも、だったらもうちょっとマシな人間出してくれよ。

女1　(男1に)どうしたの?

男1　あいつ、俺達に隠れて編集部とやりとりしてたんだよ……。

女1　え……。

男1　向こうはすぐに返事を寄こしてたんだよ、かっぱらったんだあいつが。あいつ出版社にでっちあげの原稿を送ったらしい。

女1　なにどういうこと?

男1　(読みあげて)「今後はこちらの住所にとのお達し以来、しばらく代理人様との交渉を続けて参りましたが、いささか要領を得ず、送っていただいたお原稿も、『ジャックと豆の木』ではないかと思われます」

女1　ジャック(と豆の木)、バレないとでも思ったのかしら。

女2　思ったんですよバレないと……お婆ちゃまが思わせたんです、魔法で。

女1　ああ……。(と言ってから)もっと別のことで使いましょうよ。

男1　あいつ、今度会ったら本当にいなくしてやる……。

女2　いないんですよ本当に。
女1　しょうがないわ、昔からああいう人だもの。
男1　……なにかばってる。
女1　かばってなんかないわ。
男1　（ニヤニヤと）……。
女1　（苦笑して）なによ。
男1　（も苦笑して）なんでもないよ。でもよかった……これで出版のメドがたちそうだ……。
女1　よかったね……。
男1　うん……（女2に）婆ちゃんのおかげだよ。
女1　そうね……ありがとうお婆ちゃま。
男1　すぐ返事書いて速達で出そう。
女1　そうね。
男1　（女2に）今日火曜だよね？　ゼネーマク先生が往診に来る日ですよ。
女2　（ものすごく驚いて）また火曜日なの⁉
男1　またって週に一度ですよ。今日はおとなしく診察受けてくださいよ。

男1、別の部屋へ去った。

女1　お婆ちゃま本に載ってましたよ。

女2　また？
女1　うんまた。ほらここ。（と『すぐわかるカフカ入門』を開いて示す）

演奏、入る。

女2　（見るなり「！」となり、思わず口を押さえて、感慨深く）この写真……
女1　ええ……。
女2　（人形に）あの方よヨゼフィーネちゃん……！
女1　カフカさん。フランツ・カフカさん……。

女2は目に涙さえ浮かべている。

女2　ええ、親切な方ですよ……（人形に）あなたが旅行に出掛けている間、毎日、ええ、毎日届けてくださったのよ、あの公園に、あなたからの手紙を……。手紙の中であなたは「決して悲しい理由でいなくなったわけじゃない」そう書いてくれたわ……「しばらく今の場所を離れて、新しい世界を見てみたかっただけなの」って……すてきなお手紙ばかりだった……。
女1　小説家ですからね。
女2　小説家？　ヨゼフィーネちゃんが？

女1　いえ……。
女2　もう随分お会いしてないわ……どれぐらい経《た》つのかしら……。
女1　（本を指し）一九二三年ですから、もう百年近くですね……。
女2　そう……お元気かしらね……。
女1　きっとお元気ですよ……。（と出版社からの手紙を読み始める）
女2　それは？　どなたからのお手紙？
女1　これは、出版社からの、
女2　（女1からやさしく取り上げて目を落とし）まあ……。

3

再び小説の中の世界らしい。

ラバンと、彼の双児の弟のガザが、母親のマルベリと暮らす家の一室。

ベッドとテーブル。小さな棚の上に金魚鉢。椅子がいくつか。決して裕福ではなさそうに見えるが、小間使いがいる。

手紙を読む姿勢はそのままに、女2はマルベリになっている。女2が読んでいた手紙も、出版社からのものではなくなっているだろう。そわそわと落ち着かない様子のカーヤがいる。

マルベリ　（手紙を読みあげて）「というわけで、母さん、ガザ、戦地はなかなかの快適さです。弱音を吐くなんてとんでもない。夜中に兵舎で横になっていても、外で何かが破裂する音を聞いただけでワクワクするぐらいです。隣のベッドで母親のくれたお守りを握りしめながら震えている臆病者などは、味方ながら銃殺してやりたくなります。一人の臆病者のせいで皆が巻きぞえを食うのです。僕は決して後ずさりはしません。前進あるのみです。ではまたお便りします。どうぞお元気で。ラバン。」

演奏、やむ。

マルベリ　（カーヤに）旅行のことなんかひとことも書いてないよ。

カーヤ　封筒の中にもう一枚便箋《びんせん》があったりしませんか……!?

マルベリ　（忌々《いまいま》し気《げ》に）何がさ。

カーヤ　ですから、今読まれた手紙は途中からだったりしませんか？　人間、大切なことは一番最初に書くものです。

マルベリ　（強く）ないよ！　お帰り！　毎日毎日やってきて、この家に住みつくつもりかい図々しい。

カーヤ　行ったんです本当に、旅行。ラバンと。

マルベリ　だから行ったなら行ったでいいよ。

カーヤ　行く途中の列車ではぐれたんです。

マルベリ　じゃあそうなんだろうさ。

カーヤ　でも、だったら、だったら手紙に何か書くはずなんです、ひとことでも、ですからあたしへの言伝《ことづて》のような――

マルベリ　だったらも何も、書いてないんだから読みようがないじゃないか！　どうしろって言うんだい！

カーヤ　（へたり込み）……。

マルベリ　あんたの気持ちもわからないでもないよ、あたしも女ですからね……だけどね、男ってのはそうなんだよ。そういうもんなの。

マルベリ　そういうもんってどういうもんですか？

カーヤ　（手紙を掲げ）こういうもんだよ！

マルベリ　よくわからない……。

カーヤ　考えるからだろ！　あんたのその「よくわからない」なんて言い草自体が問題なんだよ！　どんなことだって考えたりしたらわからないに決まってるんだから……！

カーヤ　はい……!?

ベッドに寝ていた上半身裸のガザが勢いよく毛布をはがした。

ガザ　（主にマルベリに）うるせえなあ……！　眠れねえだろ！

マルベリ　（まったくひるまず）寝てるフリして聞いてた人間がなに言ってんだい……。

ガザ　（鼻で笑って体を掻《か》き）フン……ノミだらけだちくしょう……（奥に向かって）おい！アマーリア！

小間使いの女、アマーリアが裸足で来る。

アマーリア　（小さな声で）はい……。

ガザ　ベッド。殺虫剤ふっとけって言ったよな……。

アマーリア　ふりました……。
ガザ　ふったっているんだよまだ。
アマーリア　……。
ガザ　聞こえてる？
アマーリア　すみません。もっとふります。（戻ろうとする）
ガザ　おい。
アマーリア　……。
ガザ　見えないの？　おまえめくら？　お客さんだよ。
アマーリア　（カーヤに一礼）……。
カーヤ　こんにちは……。
ガザ　お茶だろ。おまえは一つのことしか考えられないから駄目なんだよ。脳なし女。脳みそがめくらなんだよおまえは。客が来たらお茶だろ。
アマーリア　今……、（と行こうと）
マルベリ　（アマーリアに）いいわよお茶なんか。
カーヤ　いいです。
アマーリア　……。
ガザ　（楽しむように）さてどうする。どうするんだおまえは。数か。数で決めるか。二対一でお茶を持ってこない方を選ぶか。え？　何か言えよ！
アマーリア　お持ちします。（と逃げるように去る）

ガザ　（その背に）そうだよ。飲みたくなきゃ飲まなきゃいいだけの話なんだから。フフフ……数の敗北だ。
マルベリ　（その言い草を）くだらない……。
カーヤ　（さすがに居心地悪く）あたし帰ります。
マルベリ　ああそれがいいね。お願いだからもう来ないでおくれ。
カーヤ　お茶はすみません。
ガザ　（マルベリに）検閲入れられてるんじゃないの？
マルベリ　あ？
ガザ　検閲。
マルベリ　お茶に？
ガザ　お茶？　手紙だろ兄貴からの。誰が入れるんだよお茶に検閲なんか。
カーヤ　（手紙のこととなれば聞き捨てならず）検閲って何？
ガザ　検閲係ってのがいるんだよ。兵隊が出す手紙や兵隊に届いた手紙を逐一全部読んで検閲するんだ。だから、削除したり……。
カーヤ　削除――面白くないところを？
ガザ　え……？
マルベリ　ハハハハハハハ！
ガザ　（真顔《まがお》になって）笑うなよお茶に検閲入るとか抜かした人間が！
マルベリ　（ムキになって）今自分だって笑ってたろ！「笑うなよ」!?　母親に向かって「笑うな

カーヤ　よ」⁉　あたしゃ笑いたい時に笑うんだよ！
マルベリ　（そんなやりとりがじれったく）なに⁉　どういうこと⁉
ガザ　帰りな早く！　あの川べりの汚い下宿に！　ハエの匂いがするんだよこのみなしご！
マルベリ　しねえよそんな匂い！　あんたの鼻ん中がハエの匂いなんだろ！　ハエが飛び込んだの見たもん、両方の鼻の穴に十匹ずつ！　ハエ女！
ガザ　ハエ女の息子！（外に出ていこうと）
マルベリ　どこ行くんだよ。
　行きたい場所だよあたしの！

マルベリ、出ていった。

ガザ　あんたが行きたくたって場所の方がお断りだよ……。（カーヤに）え、なに、面白くないところを削除？
カーヤ　違うの？
ガザ　なるほどなるほど。違わないんじゃない？　あんたと旅行に出掛けて列車の中ではぐれたなんて、そんな話ちっとも面白くないからな……。
カーヤ　……。
ガザ　削除するだけじゃなくてね、検閲係ってのは書き加えたり、そっくり書き変えたりすることもしょっちゅうらしいよ。

カーヤ　（ギョッとして）そっくり!?
ガザ　ああ、手紙丸ごと。もちろんどこを検閲したかなんてことは誰にもわからない。
カーヤ　そんなことされたって筆跡でわかるわ……。
ガザ　筆跡を真似る専門家がいるんだよ……上級者の専門家はすごいんだってさ……書いた人間になりきって、文体もまるきり真似るんだ……本気でなりきるから、本人よりそいつらしくなる……本人が忘れてるようなことでもそいつは覚えてるんだ。
カーヤ　どうして知ってるのそんなこと？
ガザ　まあ座れよ。（とベッドを叩く）
カーヤ　……。（と別の椅子に向かう）
ガザ　こっち。
カーヤ　こっちでいい。
ガザ　何もしねえよ、兄貴の女に。
カーヤ　しないだろうけどこっちでいい。
ガザ　そっちに座るなら話さない。
カーヤ　……。
ガザ　しないよおまえなんかになんにも……！
カーヤ　……。

カーヤ、「座ればいいんでしょ」とばかりにベッドへ行き、ガザの隣に乱暴に座る。

カーヤ　……。
ガザ　なんだっけ。
カーヤ　どうして知ってるのそんなこと。
ガザ　ああそうだ検閲係ね。兄貴の手紙に書いてあったんだよ。
カーヤ　ラバンの……!?
ガザ　ああ。教えてくれたんだ、兄貴が手紙で。
カーヤ　おかしいわ……。
ガザ　何が。
カーヤ　そんなこと書いたら検閲係が削除するはずでしょ検閲で。
ガザ　知らないよ俺は。（大声で）まだかお茶！
カーヤ　もしあたしが検閲係だったらするわ絶対。どうしてその手紙だけ（検閲されずに）
ガザ　（遮って）知らねえって、兄貴に聞けよ。
カーヤ　どうやって？　手紙で？　検閲されちゃうじゃない！

カーヤ、思わずガザの顔前に顔を突き出していて――。

カーヤ　（不意に意識したように）……。

短い間。

ガザ　なに照れてんの？
カーヤ　照れてなんかいません。
ガザ　（急な敬語を少しだけ笑ってから）……あのさ……すごいこと言っていい？
カーヤ　嫌ですすごいことなんて。
ガザ　絶対信じないだろうけど……よし言ってみよう。
カーヤ　いいです言わないで。
ガザ　ラバンに関する問題でも？
カーヤ　え……
ガザ　聞きたいだろ。
カーヤ　（おそるおそる）なんですか……。
ガザ　ほら聞きたいんじゃないか……。
カーヤ　なんなんですか!?
ガザ　フフフ……俺のこと、ガザだと思ってるだろ？
カーヤ　え……？
ガザ　俺、ラバンだよ……。
カーヤ　なに言ってるの。
ガザ　ラバンなんだよ。よく見ろよ。

カーヤ　からかわないで。
ガザ　本当なんだよ……弟に身替りで行ってもらったんだ、戦争に……死ぬかもしれないと思うと……こわくて……（苦笑して）フフフ……絶対誰にも秘密だってガザの奴に言っておきながら、結局俺の方からバラしてる……。
カーヤ　嘘よ……。
ガザ　いいよ信じなくて。
カーヤ　（当然だとばかりに）信じないわよ。
ガザ　うんだからいいよ……。
カーヤ　……。
ガザ　だけど俺が、ラバンがあんなこと書くと思う？（と手紙を掲げて）戦友を、味方を銃殺してやりたくなったなんて。いかにもガザだろ？
カーヤ　検閲係が書いたのよ……。
ガザ　ああ、なるほどね……そうかもな……。

間。

アマーリアがお茶を持って戻ってくる。二人の様子を見て、ゆっくりと来た方へ戻って行き、隠れる。

カーヤ　……あたしと花を摘みに行ったって書いたの？

ガザ　え？
カーヤ　ラバンへの手紙に。あたしと森のはずれの木こりの家の裏手に花を摘みに行ったって。
ガザ　（嫌味まじりに）検閲係が書いたのね……。
カーヤ　（思い出したように）ああ……木こりの家の……行ったじゃないか二人で。
ガザ　（面喰らって）行ってない……！　行ってないでしょ!?（頭を指して）大丈夫？
カーヤ　行ったよ。行っただろ。まだつきあい始めたばかりの頃だよ。
え……。

ガザ、棚の上の金魚鉢に視線を転じる。

ガザ　帰りにほら、小川でその鉢の中の魚を捕った……

カーヤも金魚鉢を見た。

ガザ　（静かな口調で）俺が「食べられる魚かな」って言ったら、君は「食べられるとしても食べたりなんかしたら可哀想《かわいそう》」って言ったんだ、泣きそうな顔して……。おかげで今でも元気に泳いでるよ……。

カーヤ、ゆっくりと金魚鉢に近づいて、中を泳ぐ魚達を見つめていたが――

カーヤ　ラバンなの……？

ガザ　だからそうだって言ってるだろ……。君は摘んだ花を編んで花冠を作った……あの花はクローバーか……君がその花冠を俺の頭に乗せて、何か魚に向かって話しかけてた時、山の向こうに突然閃光《せんこう》が走って、低い、ドーンっていう音が聞こえた……戦争が始まったんだ……。

カーヤ　ラバン……。

見えない所でアマーリアが吹き出し、我慢出来ぬとばかりに笑う声がする。
つられるようにガザも笑い出す。
すぐに、笑いながらお茶の載った盆を手に、アマーリアが姿を現す。

カーヤ　（あまりのことに声もなく）……。

ガザ　（笑いながら）な。俺の言った通りだろ、こんなもんなんだよ。

アマーリア　（も笑いながら）へんよこの人、へん。あんな簡単に、あ、お茶がこぼれる。

とそこらにお茶を置く。

カーヤ　（小さく）だましたの……!?

ガザ　（笑って）声が小さくなった！

アマーリア　この人がラバンのわけないでしょ。ああもう……笑いをこらえるの大変だった。（とガザにしなだれる）

ガザ　（カーヤに）ほら、飲めよお茶。

カーヤ　……。

アマーリア　どこ行ったのあなたの母親は。（マルベリのこと）

ガザ　行きたい場所だとさ。

アマーリア　どこよ行きたい場所って。（天を指し）あの世？　天国？

ガザ　あの世に行くなら地獄に決まってんだろ。（と下を指す。で再びカーヤに）飲めよお茶、アマーリアがせっかく淹《い》れてきてくれたんだから。

アマーリア　そうよ。飲んで。

ガザ　（アマーリアを示し）こいつ、昔女優やってたんだよ。うまいだろ芝居。おまえ自分でもどれが芝居でどれが本当かわからなくなってるんだろ？

アマーリア　なわけないでしょ。

ガザとアマーリア、濃厚なキスをする。

ややあって、カーヤ、外へ飛び出していこうとする。

ガザ　（強く）待てよ！

カーヤ　（その強い語気に思わず止まり）……。
ガザ　お茶を飲んでけよ！
カーヤ　（小さく）嫌よ……。
ガザ　（不意に立ち上がり）便所。

　ガザ、行こうとして戻り、金魚鉢に近づくと、やにわに水の中に手をつっ込む。

カーヤ　なにするの！

　ガザ、中を泳ぐ魚のうちの一匹を掴《つか》み上げ、口に挟《はさ》む。アマーリアは声をあげて笑っている。

カーヤ　やめてよ！
ガザ　ほら食えるよこの魚。
カーヤ　やめて！
ガザ　（ガブリと齧る）
カーヤ　！
ガザ　（咀嚼《そしゃく》しながら）うん……まずいけど。食うんだよ人間、イザとなりゃ……。

ガザ、残りを水槽に投げ入れ、便所へと去る。
カーヤ、金魚鉢に沈んでゆく魚の死がいを見つめて茫然《ぼうぜん》としている。

アマーリア　ごめんなさいね……あなた可哀想な人なのに……。
カーヤ　……。
アマーリア　あの人の言う通りなの。あたし、どれが本当なのかわからなくなってる……。言ってるあの人だってそうなのよ。あの人、ガザ、あなたのことが好きなんだと思う。
カーヤ　……。
アマーリア　どうする？　今のうちに帰る？
カーヤ　（帰ろうとする）
アマーリア　そうよね。

とその時、（列車の中でラバンが着用していたものと同じ）軍服を身につけ、銃を携《たずさ》えた二人の兵士が、外から入ってくる。

兵士A　（神妙に）失礼します……。
カーヤ・アマーリア　⁉
兵士A　ハシェックさんのお宅でよろしいですね……。
アマーリア　（小さく）はい……。

兵士A　（「おまえ言え」と兵士Bに）おい……。
兵士B　（無言で了承して）悲しいお報《しら》せをしなくてはなりません……。（としばし黙る）
カーヤはすでに、ラバンについての何か良くない報せであることを察しているようで――。
アマーリア　なんですか……。
兵士B　お二人のお兄様、にあたるのでしょうか……ラバン・ハシェック大尉が……。
カーヤ　ラバンがどうしたんですか……⁉
兵士B　戦死されました……。上からの報告によりますと、敵軍の流れ玉に当たって……お気の毒であります……。
大きなノイズ音の中、プロジェクション・マッピングで、闇達がカーヤを急速に包み込む。すぐに元の状態に戻ると、カーヤ、倒れ込む。
兵士A　（駆け寄って）大丈夫ですか？
兵士B　（アマーリアに）大尉の御遺髪《ごいはつ》と軍帽です。
アマーリア　大尉？　ラバンは少尉です。
カーヤ　（いきなり半身を起こし）別の兵隊さんなんじゃないですか亡くなったの⁉

兵士A　いえ、名誉の戦死を讃《たた》えて上層部が二階級も昇級を。なかなかないことです、二階級は。
カーヤ　（Aのセリフの中、Bから帽子を受け取り、見つめ）……。
兵士A　（Bが持つ小箱のことを）御遺髪です。
カーヤ　御遺髪？
兵士B　髪の毛。（と小箱を開ける）
カーヤ　（Bに）他は……？
兵士B　他……？
カーヤ　ですから、本体！
兵士B　（助けを求めるようにAを見る）
兵士A　（困惑して口ごもり）本体は……
カーヤ　検閲ですか！
兵士A　検閲？
カーヤ　どうするんですかこれから。戻るんですか戦地に。
兵士A　戻りますが……。
カーヤ　あたしも行きます。あたしも連れてってください。
兵士B　それはできません。
カーヤ　どうして!?　ラバンはあたしに言ったんです。絶対に死んだりしないって！
兵士B　大抵はそう言うのです誰でも。

兵士A　おい……。
カーヤ　お願いします！　結婚するんです！　結婚して子供を、一人か二人か三人産んで、一緒に旅行するんです！　二年に一度。犬だって飼うんですから！
兵士A　婚約者の方でしたか……。
カーヤ　はい、カーヤです。カーヤ・ディアマント。連れていってくれますか一緒に。
兵士B　ですからそれはできません。規則です。あなたは内地がどれだけ危険かをわかっていらっしゃらない。
カーヤ　はい、あたしはいろいろなことがわかっていませんよ！
兵士B　⁉
カーヤ　だからわかっている少しのことを頼りに生きてゆくしかないんです！
兵士A　わかりました。
兵士B　はい⁉
兵士A　お連れしましょう。ただし私の言うことを必ず守ってください。
カーヤ　守ります！
兵士B　連れていってどうされるんでありますか⁉
カーヤ　（うんざりだとばかりに）どうしてわからないんですか⁉　ラバンが生きてることを確かめるんですよ！
兵士B　だからこの御遺髪が、
カーヤ　髪の毛切ったって人は死にません。こんな髪の毛は……（くしゃみ）

カーヤのくしゃみで箱の中の髪の毛があちこちに飛び散った。

皆　ああ！

皆、慌てて床の髪の毛を集めようとするが、

カーヤ　（一本、あるいは何本か取って）やだ、ちぢれてる！（と捨て、拾うのを諦めて手を払う）
他の人々　（もつられて手を払う）
カーヤ　行きましょう。
兵士B　しかし、
兵士A　行きましょう。カーヤ・ディアマントさん。
アマーリア　本当に行くの……？
カーヤ　さようなら。
兵士A　（アマーリアに）失礼します……。
カーヤ　早く行きましょう。

カーヤを先頭に三人、出ていった。

アマーリア　……。

アマーリア、ラバンの遺品だという軍帽を手に取る。
ややあって、ガザが戻ってくる。

ガザ　（カーヤがいないことに「⁉」となり）あいつは……？
アマーリア　（ガザを見ずに）帰ったわ。
ガザ　（非難がましく）どうして帰す……。
アマーリア　ねえ、これ、かぶってみて。
ガザ　なんだよそれ……。（ほとんど興味なくお茶のところへ行き、飲んで、小さく）あつ……熱くて薄い。
アマーリア　いいから。かぶってみて。
ガザ　おまえは俺のことを何もわかっちゃない……。
アマーリア　そうよ……（ガザに近づいて）だから、もっとわかるためにこの帽子を――
ガザ　近づくんじゃねぇ！

ガザ、お茶をアマーリアの顔にぶちまける。

アマーリア　熱っ！

ガザ　なにが「熱っ」だ。「申し訳ございませんでした」だろう！（強く）小間使いだぞおまえは！　言って床に這《は》いつくばって、サッサと自分の仕事をしろ！

アマーリア　……。

ガザ　言え！「申し訳ございませんでした」って言え！

アマーリア　今戦地から兵隊が……。

ガザ　え……

アマーリア　ラバンが死んだって……。

ガザ　！

ガザ、アマーリアが床に落とした軍帽を見る。

風景止まる。

4

多くの人々が通り過ぎる。
そこには、椅子に座り例のノートを手にした編集者Aと、なにやら恐縮している男1。

編集者A　どうぞ。おかけください。
男1　失礼いたします。遅刻してしまい申し訳ありません。
編集者A　いえ、こんな辺鄙《へんぴ》な場所にあるなんて思わなかったでしょう。小さな小さな出版社です。
男1　いえ、とんでもない。それで、早速ですが、お読みいただけましたでしょうか。
編集者A　いえ。実はお手紙でやりとりさせていただいていた者が、今はずしてしまいましてね。彼、さっきまでこの椅子に座ってじぃっとお待ちしていたのですが。
男1　(なおさら恐縮して)すみません四時間半も……。駅からの道で迷ってしまいまして……。
編集者A　いえ、(ノートを掲げ)それで今慌てて読ませていただいていたのですが、どうにもなかなか読み進まず——今、これは主人公でしょうか?
男1　カーヤですか?　カーヤ・ディアマント。

編集者A　彼女が兵士たちと一緒に戦場へと出掛けていく道中です。
男1　ああ……。
編集者A　実は担当の彼とは違って私、カフカ方面にはまったくの門外漢でしてね。普段はもっぱら死んだ亀についての本を担当しておりますもので。
男1　死んだ亀ですか……？
編集者A　ええ。もし死んだ亀について何かあればいつでも聞いてください。
男1　はあ……生きてる亀についてては
編集者A　（大きく）ああ生きはいけません。生きについてはサッパリで。死に専門なんですお恥ずかしい。（と声をあげて照れ笑い）カフカは死んでますよね。
男1　ええ、一九二四年に。
編集者A　ところが彼は亀ではない……。
男1　ああ……。
編集者A　惜しい。

※　※　※

以下、「※　※　※」で区切られたシーンは、短い転換、あるいは映像を挟んでカットアウト、カットインすることを示す。

前シークエンスで編集者Aが座っていた椅子に座った編集者B（女性。やはり例のノートを持っている）。
男1、肩を落として去っていく編集者Aを見送っている。

編集者B　大変失礼をいたしました。あの男は当社一の嫌われ者でして……頑《かたくな》に死んだ亀についての本しか出したがらないのです。ついたあだ名が、死んだ亀ですよ。
男1　はあ……。
編集者B　担当の者が戻るまで私がお話を伺おうかと思ってはいるんですが、果たしてその方が良いかどうか今迷ってまして……。
男1　ぜひともお願いします。
編集者B　そうしたいのは山々なんですけど私普段は迷い方本の方の専門でして。
男1　迷い方本。
編集者B　はい。
男1　もしかして、『やさしい道の迷い方』。
編集者B　私の担当です。え、読まれてしまいましたか。
男1　はい……。
編集者B　出版しようかしまいか迷ったんですけど。
男1　……。
編集者B　どうしよう……。

男1　何が……。
編集者B　いえ、お話を伺う前にトイレに行こうかどうか迷ってるんです。
男1　行かれたらいかがですか。
編集者B　そう言っていただけるのは有り難いんですけど、果たしてたどり着けるかどうか。
男1　いっつも途中で、
編集者B　迷ってしまうんですね。
男1　迷ってしまいますね。
編集者B　困りませんか、そんなじゃ。
編集者B　ここだけの話迷ってるんですよ、この会社辞めようか辞めまいか、転職しようかしまいか。
男1　ああ、大変ですもんね。
編集者B　大変なのか大変じゃないのか……夜中になるとよく迷ったりもします、死んでしまおうかやっぱり生きようか。
男1　それは……
編集者B　はい？
男1　早まらない方がいいですよ。
編集者B　……。
男1　迷ってますか、私の意見を聞くか聞くまいか。

※　※　※

そこには同じ椅子に座った編集者C（例のノートを持っている）。
男1、迷いながら去っていく編集者Bを見送っている。

編集者C　大変失礼しました。彼女何事も迷ってばかりで何一つ進まなかったでしょう。（編集者Bが戻ってくるので）どこへ行きたいんだ！
編集者B　迷ってるんです、どこへ行こうか……。（と去る）
編集者C　担当の者が戻るまでひとまず私がお話を伺います。
男1　そうですか。すみません。
編集者C　（とノートを）カフカですか……。（と開いて読む）
男1　はい。担当の方へのお手紙には詳細を書かせていただいたのですが、
編集者C　わかります、大体は。私、カフカの周辺についてはそこらの研究者よりよっぽど詳しいので。
男1　そうなんですか、よかった。
編集者C　それが良くもないいんですよ。私カフカ大嫌いなんで……。
男1　え……。
編集者C　気味が悪いばかりで何が面白いのか皆目わからない……。え、あなたの御祖母様《おばあ》がこのノートを？

男1　ええそうなんです。今年百歳になる祖母の荷物の中から。
編集者C　ユーリエ・ブロッホさんですか？
男1　（知っていることに驚き）そうです。
編集者C　カフカが亡くなる前年、シュティグリッツ公園を散歩中だった彼と偶然出会って、人形がいなくなってしまったと泣いて訴えた、当時四歳の少女。
男1　（驚きながら）ええ。祖母です私の。
編集者C　人形の名前はヨゼフィーネ。カフカはその日からヨゼフィーネになり代わり、毎日手紙を書いて、公園で待つあなたの御祖母様に渡し続けた。
男1　（感心して）よく御存知ですね……。
編集者C　（当然のごとく）知ってますよそのぐらい。有名なエピソードです。
男1　ええ、この本にも書いてありました。『すぐわかるカフカ入門』。（と言いながら鞄から出して表紙を見せる）
編集者C　（表紙のカフカの顔写真を嫌悪するように）ちょ、やめてください。その顔見るだけで気分が悪くなる。
男1　そんなに嫌いなんですか？
編集者C　嫌いなんですよ。大体その手紙の話だって、なんか今は美談として語り継がれてますけどね、薄気味悪い男だと思いませんか、四十過ぎて毎日人形になりきって手紙を……グロテスクとしか言いようがない。あげくの果てに別の人形を買ってきて、人形が帰って来たと信じ込ませた……恐ろしい変態野郎だ……！

男1　（消極的に）そうですね……。翌年、カフカは亡くなりました。

編集者C　どこで。

男1　あ、えーと……（表紙がBに見えぬように本を開き）キーアリングの、ドクター・ホフマンズ・サナトリウムの4号室です。八つしか病室のない小さな療養所ですね。

編集者C　そうなんですか……。あの、カフカは友人の編集者に、なんでしたっけ名前、（と慌てて本を開く）

男1　（じれったく）マックス・ブロート？

編集者C　さんに遺言したんですよね、自分の原稿はすべて焼き捨てるようにと。ところが、ブロート氏は遺言を守らなかった。彼がカフカとの約束を反故《ほご》にしたおかげで、現在のフランツ・カフカの名声があるわけです。まったく余計なことをしてくれました。

男1　はあ……。

編集者C　ところで……どうしてこの原稿だけブロート氏の手に渡らずあなたの御祖母様がお持ちだったのですか。

男1　ごもっともな御質問です。それも担当の方へのお手紙でこと細かに説明させていただいたんですけど、カフカは亡くなる前に……（編集者Cの様子がおかしいことに気づき）どうされました？

編集者C　あまりにもカフカカフカと言ったり聞いたりしたので体調が……すみません別の者に代わりますので……。（と行こうとする）

男1　（のを制して）ですけどせっかくここまで話したのに……もうちょっとですから。（大声で）ぶっちゃけ、金が必要なんです！

背後にいた社員数名がなにごとかと振り向く。

男1　（気まずく）……。

編集者C　いやいや私はもうこれ以上無理です、カフカの許容量を完全に超えました。（うずくまる）

男1　大丈夫ですか。しっかりしてください。

※　※　※

男1の前にはあご髭を蓄《たくわ》えた出版社の社長と秘書。
背後《はいご》では三名の救急隊員が意識不明の編集者Cの処置をしており、社員達が群がっている。

社長　（背後の騒ぎをまったく気にとめず）大変失礼しました。担当の者が戻るまで社長の私がお話を伺います。

男1　（編集者Cの容態が気になって仕方なく）大丈夫でしょうか……もしあれだったら私今

日は一旦引き上げますんで……、

社長　（男1の言ったことが聞こえなかったのか、秘書に）なんだって？

秘書　（社長に耳打ち）

社長　（男1に）ああ大丈夫大丈夫。それで？

男1　はあ、あの……実は私の祖母がですね、

救急隊員　（無線で）バイタル不安定、チアノーゼの兆候あり。カフカです、カフカの過剰摂取。

男1　（思わず見ていたが社長に）やっぱり出直します。担当の方のいらっしゃる時にあらためて参りますので……

社長　（秘書に）なんだって？

秘書　（耳打ち）

社長　うん……うん……うん……。

この間に救急隊員たちは担架にのせた編集者Cを運んで去っていく。社員達もこれに続く。

社長　（男1に）いや大丈夫大丈夫……ただ社長の私はあれだよ。滅多なことじゃ首を縦に振らない社長の私だよ。

男1　そうなのですか……。

社長　（秘書に）なんだって？

秘書　（耳打ち）

社長　うん、うん。
男1　（秘書に）あの、担当の方は今日はもう？
秘書　さあ、私は……。
社長　（秘書を指さして男1に）なんだって？
男1　はい？
社長　なんだって？
男1　（仕方なく耳打ち）
社長　うん、うん。（突如激昂《げっこう》して秘書に）わかっとるよそんなことは！
秘書　はい！
社長　さっきから全部聞こえとる！　なんだと思っとるんだ、人のこと老人扱いしおって！　君はクビだ！（秘書の眼差《まなざ》しを）なんだその耳は！　違う、その目は！　とっととひっ込まんか、二度と来るな、ヘソも見たくない！　違う、顔だ！　顔も見たくない！

秘書、走り去る。

社長　（男1に振り向き）大丈夫大丈夫。で、私に何をしてほしいの？（男1が言葉を発しようとするのを制し）言うのはいいけど、おそらく社長の私が首を縦に振ることはないよ。主に横に振るんだ。わかるかい、ノーという意味だよ。「おまえなんかの意向には沿えない」というね。

男1　……そういうことでしたらこの原稿、よその出版社に持ち込みます。
社長　（首を横に振ってから）ノー。
男1　ノー……⁉
社長　ノー。
男1　では今日のところは一旦持ち帰らせてください。一晩よく考えて、（また明日）
社長　（遮って、首を横に振りながら）ノー。
男1　……。
社長　ノーだ。意向には沿えん、残念ながらね……。さあ、もっと何か言ってごらん。
男1　え……（と少し考えてハッとし）……この原稿を出版しないでください。
社長　（首を横に振りながら）ノー。する。
男1　（内心嬉しいが努めて神妙に）……そうですか、わかりました……ただ、今すぐ契約をしたりは絶対にしないでほしいんです。
社長　（首を振りながら）ノー。わかってきたようじゃないかやり方が。いい感じだ。
男1　いい感じですか？
社長　（首を横に振りながら）ノー。
男1　（失敗失敗と）あ、ハハハ。私が、その、提供者だから最も多額の印税を受け取れるなんていう契約にだけは絶対にしないでください。
社長　（首を横に振りながら）ノー。
男1　わかりました……私の印税率を50％以上にしたりなんてことは絶対の絶対に

一つ前の質問のあたりから編集者Dが来ていた。

社長　（Dに気づいて態度を硬直させ）あ……。

男1　……？

編集者D　勝手に入ってくるなと言っただろう……。

社長　そうじゃないいんだよ、こいつ（男1）が入れって言うから。

男1　え。

編集者D　いいから帰れ。豆やるから。（とポケットから豆を出す）

社長　豆。（と受け取り、うまそうにポリポリ食べる）

編集者D　帰れホラ……！

社長　イエス！　イエス！

社長、去った。

男1　（唖然《あぜん》として見送り）……。

編集者D　大変失礼しました。

男1　あの方は。

編集者D　近所の頭のおかしいお爺さんです。

男1　ああ……。
編集者D　ブロッホさんですよね。（自分のことを）お手紙でやりとりさせていただいていた――。
男1　ああ！　すみません四時間半も遅刻してしまって。
編集者D　いいえ、どうぞお気になさらず。今迷い方本担当の彼女に聞きました。例の本を読まれてしまったそうで……
男1　ああ、やさしい道の……そうなんです……。
編集者D　あれ読んでしまったら無理もない……たどり着けただけいい方です。気をつけてください。あの本読んだ人は散歩中に、違う道どころか、違う街や違う時代に迷い込んでしまうことも少なくありません。
男1　違う時代ですか……。
編集者D　まったくどうしてあんな本を出版してしまったのか……お恥ずかしい……。
男1　気をつけます。ところで、原稿の方は……？
編集者D　読ませていただきました。
男1　そうですか。
編集者D　素晴らしかった。一気に読み終えました。
男1　（嬉しく）じゃあ出版の方は
編集者D　ただちょっと途中で終わってしまっているのが惜しいですけどね、それを言っちゃえばカフカの他の長編だってすべて未完か途中が欠落してるわけですからね。
男1　ええ。で出版の方は

編集者D　面白いのは女性が主人公なことですね。カフカの作品で他にないでしょう。大変珍しい。

男1　はあ。出版は

編集者D　カフカは自らの臨終を予感しながらもなお、いや、だからこそきっと新しい挑戦を

男1　（遮って）出版は⁉　出版！　する⁉　しない⁉

編集者D　しない理由がありませんよ。こんな小さな出版社からでよろしければぜひ。

男1　ありがとうございます！

編集者D　ただし遺されたカフカの文書の所有権は二〇一六年からイスラエル国立図書館に帰属されています。ノートも手紙もメモも、すべての文書が。よってこのノートも例外ではありません。よろしいですか。

男1　（よく理解できず、とたんに不安になって）え、それはお金を頂けないということですか……⁉

編集者D　いいえ、出版はまた別の話ですから、本にさせてもらう以上は当然、なにがしかのお支払いはさせていただきます。

男1　なにがしか？　え、いくらですか。

編集者D　（その問い詰めようにやや困惑しながら）いくらかは、売れゆき次第なので……。

男1　金が必要なんですよ……半年前、勤めていた店の倉庫で火事を出してしまって。私の煙草の火の不始末が原因です。隣の会社まで全焼してしまったんです。

編集者D　それは大変ですね。

男1　大変なんてもんじゃない。来週までに借金を全額返済しないと……
編集者D　あくまで試算ですが……（と言いながらスマホの計算機をはじいて）おそらく初刷《しょずり》分で最低このぐらいでしょうか。（と見せる）
男1　こんなに⁉　こんなにもらえるんですか⁉
編集者D　おそらくは、最低でも。
男1　ありがとうございます！　これで家を燃やされずに済みます！　ありがとうございます！　え、いつ頂けるんですかお金は。
編集者D　ご事情がご事情のようですから、三割を契約時に先払いさせていただきましょう。
男1　三割も！　なんていい方だ！　え、契約時？　今契約します。
編集者D　ああ、まだ契約書をお作りしてないんです。数日中に。
男1　いえいいです、サインですか、どこにサインを？
編集者D　いえまだお作りしてないので。御原稿のノートも契約時にあらためてお預かりいたしますので今日はお持ち帰りください。
男1　数日中というのは何日中？
編集者D　じゃ明後日の午後に。
男1　明後日というのはあさって、午後というのは昼過ぎ、はい！

風景、消える。
演奏。

外。夕刻。

郵便配達が自転車で走ってくる。

男2の声　待てよ！

郵便配達　はい……。（と止まった）

男2　（姿を現し、郵便配達に近づきながら）はいじゃねぇよ。おまえ、なんであれほど言ったのに出版社からの手紙届けたの。ブロッホの家《うち》に！

郵便配達　え……。

男2　だからえじゃねぇっつの。全部俺に渡すんだろブロッホんちに来た出版社からの手紙はよ！　紹介してやった女返せ。あの微妙に痩せた女！　おかげで俺は親友を失ったかもしれねえんだ。親友はまだしもだ。女房が出ていって十二年、最近ようやく実りそうだった、プリティな幼馴染との愛まで失ってしまったかもしれねぇ。（指折り数えあげて）地球温暖化、貧困、テロリズム、自爆テロ、貧困……二十一世紀の国際社会には様々な不幸が蔓延《まんえん》してるよ。だけど最も大きな不幸は失恋だろ⁉　万が一フリーダちゃんが俺のこと誤解して今後、（突然）おまえ誰だ⁉

郵便配達　グスタフ・ドラマルシュです。

男2　グスタフ……えロビンソンは？

郵便配達　先週辞めました。

男2　辞めちゃったんだ……。

郵便配達　はい、今週から僕が。よろしくお願いします。
男２　よろしく……。
郵便配達　どちらにお住まいですか？　御住所は？
男２　いい。行って。
郵便配達　はい。

郵便配達、去る。

男２　……。

この間もずっと演奏は続いていたが、男２が去ろうとすると、階段の上から、微笑む男１が唄いながらやってくる。
以下男２、身を隠して見ている。

男１　♪零れ落ちた涙が
いつの間にか土砂降りの雨
さっきまでは涙が
零れ落ちて土砂降りの雨
だけど見てくれ俺の幸せ

帰ってきた俺の幸せ
頬を撫でる優しい風が俺を運ぶ
口一杯の甘いマーマレード
俺の夜明け
もう離れない　帰ってきた俺の幸せ

途中から別の空間で、女1と女2がハモリ、ハミングをする。
唄、終わる。
唄い終わった男1のあとを、男2が追っていく。
カーヤと兵士二人が別の場所を通り過ぎる。
男1がさらに別の場所に現れ、早くも道に迷った様子であたりを見回しながら去るのを
男2が追っていく。カーヤと兵士二人がさらに別の場所に現れ、去る。
演奏に乗って、これがしばらく続く。
二組は出会いそうで出会わない。
演奏の調子が変わり、あらためて完全に道に迷った男1が現れる。

男1　どこだここは……。

男1、舞台中央切り穴の階段を下りていく。

尾《っ》けてきた男2が現れて階段を下りようとしたその時、階下で「あ！」という男1の声が聞こえ、すぐに一人の男（ひったくり）が男1の鞄を手に、猛ダッシュで駆け上って来る。

男2　!?

すぐに「誰か！　誰かその男を」などと言いながら男1が追いかけて上がってくる。男1とまったく同じ鞄を持った別の男が来て、ひったくりとぶつかって倒れ、持っていた新聞を落とす。別の男はすぐに立ち上がって去っていくが、その際に鞄をとり違え、男1の鞄を持って去る。
男2、逃げようとするひったくりから鞄を奪い、とり押さえようとするが逃げられる。男1も男2も、そこに残された鞄が別の男のものであることには気づいていない。
演奏、終わる。

男2　くそっ！
男1　おまえ……。
男2　（平静を装って）おう。ほら。
男1　（乱暴に受け取り）……。
男2　よかったな鞄。

男1　尾けてきたのか……。
男2　偶然だよバカ。よかったな鞄。
男1　……。（男2を見ずにうなずく）
男2　ありがとうは？
男1　（見る）
男2　いいよ。どこだここ。
男1　わからない。完全に迷った。（ハタと）おまえはどこに行くつもりだったんだよ。
男2　俺？　俺はどこということもなく散歩。（目の前を指して）シュティグリッツ公園。
男1・2　（すぐに）シュティグリッツ公園⁉
男1　シュティグリッツ公園なんか何十年も前に取り壊されたよ……じゃなぜある⁉
男2　取り壊されたよ……じゃなぜある⁉
男1　（編集者Dの言葉が頭をよぎって）！

別の男が落としていった新聞を拾い上げ、開けて見る。

男2　（見出しを読み）「アドルフ・ヒトラー、ミュンヘンでクーデター」。
男1　一九二三年、十一月九日……。

目を上げ、慄然《りつぜん》としながら目の前の風景を見つめる二人。

5

歩いてくるカーヤと兵士A、B（手に地図）。

今さらだが、兵士Aの名前はバルナバス、兵士Bの名前はクラムという。

カーヤには、行き交う村人達が、どことなく自分のことを訝《いぶか》し気に見ているように感じられる。そんなカーヤの心象を表すかのようなステージングあって——。

三人が振り返れば、村人達は遠くから見送るように（だが顔は無表情）手を振っている。

カーヤ　誰に手を振ってるんだろう……。
バルナバス　あなたにでしょう。村の人達が見送ってくれてるんです。
カーヤ　あたしが村を離れることを喜んでいるんじゃないかしら……。
バルナバス　どうしてそんな風に考えるんですか。
クラム　手を振り返してあげたらどうです。
カーヤ　帰ってきちゃいけないような気がする……。
クラム　はい……？

カーヤ、もう村人を見ずに、三人、去る。

※　※　※

カーヤ、バルナバス、クラム。数分後の路上。

カーヤ　戦地へは何で行くのですか？
バルナバス　鉄道です。汽車で行きます。
カーヤ　だったら向こうです。駅は向こう。（と別の方向を指す）
バルナバス　橋を渡ることになるでしょう？
カーヤ　なりますけど、橋を渡ればすぐ駅舎ですから。
クラム　橋はいけません……。
カーヤ　どうしていけないの？
クラム　兵隊が渡ろうとすると寝返りを打つんです……。
カーヤ　あれは迷信よ。小さい頃に聞いたことがあるけど、実際に橋が寝返りを打ったのなんて見たことない。
クラム　いえ、迷信ではありません……。
カーヤ　迷信だってば。
バルナバス　迷信ではありません。
カーヤ　……。

バルナバス　来る道、我々は三名でした……。
カーヤ　え……。
バルナバス　……ええ。
カーヤ　……。
バルナバス　正直、戦地で部下を失うより辛いことです……。
クラム　（バルナバスに）あいつの最期《さいご》の顔が目に焼きついて離れません……！
カーヤ　……。
クラム　（地図を確認しながら）橋を渡らないで済む駅まで歩きましょう。
カーヤ　……。
バルナバス　（歩調が遅くなったカーヤに）さあ。
カーヤ　……。

※　※　※

カーヤ、バルナバス、クラム。さらに数分後の路上。
墓地の前で立ち止まるカーヤ。

カーヤ　（立ち並んでいる墓石を見つめて）……。
バルナバス　墓地ですね……。

カーヤ　お墓参りしている人がいる……。
バルナバス　ああ、いますね……。

確かに、はるか彼方、一人墓石の前に立ち、花をたむけている男が見える。

カーヤ　誰だろう……。
クラム　行きましょう。お墓参りをしている人を見ていたって仕方がない。
カーヤ　ムスカルさんだわ、揚げパン屋の。
バルナバス　知り合いですか？
カーヤ　それほどでもありません。
クラム　ではなおさら行きましょう。
カーヤ　あの人、間違えてる。
クラム　何を。
カーヤ　ムスカルさんのお母様のお墓は隣だもの。
クラム　え？
カーヤ　（バルナバスに）教えてあげた方がいいでしょうか？
バルナバス　どうでしょう。
カーヤ　（手を挙げ、遠くに）ムスカルさん！　カーヤです。

ムスカル、気がついて手を振る。

カーヤ　そのお墓……（と言いかけてやめる）。

クラム　（ので、イライラと）どうしたのです。

カーヤ　やっぱりやめておくわ。（遠くに）なんでもありません！　ごきげんよう！

ムスカル、手を振る。

バルナバス　どうしてやめたんです。

カーヤ　（小声で）だってきっとこれまで何度もあのお墓にお参りしてるんだもの。今さら違うお墓だったなんてことを知ったら……

バルナバス　そうですね。

クラム　（ムスカルの方を見ていたが）あ……。

カーヤとバルナバスがムスカルに視線を転じた刹那《せつな》、彼はピストルで自らの頭を射抜き、倒れる。

カーヤ　！

間。

カーヤ、ショックのあまりその場にへたり込む。

バルナバス　しっかりしてください。

クラム　それほど知り合いじゃない人なんじゃないんですか⁉

カーヤ　（息荒くなっている）

バルナバス　さあ行きましょう。歩けますか？

※　※　※

カーヤ、バルナバス、クラムが食堂の前（ドアがある）で立ち止まる。

夜になっている。あたりで何かが木の葉を揺らして飛び立つ。

クラム　コウモリか……⁉

バルナバス　カラスだろう。

クラム　（懐中時計を見て）暗くて時計の文字も読めない。少し急ぎましょう。ヘタをすると終列車に間に合いませんよ。

バルナバス　腹がへりましたね。小さな食堂がある。

カーヤ　ピアンタさんのお店です。

バルナバス　なるほどピアンタさんの。じゃあ入りますか。
カーヤ　（クラムに）お金は持ってませんよ。
クラム　どうして私に言うんです。
バルナバス　ここは私がご馳走しましょう。
カーヤ　ありがとうございます。

ドアが開き、店主の女、ピアンタが現れる。

カーヤ　こんばんは。
ピアンタ　あらまカーヤさん、やっぱり来たのね。
カーヤ　やっぱり？
ピアンタ　（兵士二人に視線をやる）
バルナバス・クラム　（ので）こんばんは……。
カーヤ　（不安気に）なんですかやっぱりって。
ピアンタ　（答えず）お腹がすいてらっしゃるんでしょ？
バルナバス　そうなんです。
ピアンタ　今日はもう店閉まいしようと思っていたのですけれど……どうぞ。
カーヤ　ありがとう……。
バルナバス・クラム　（口々に）ありがとうございます。

四人、ドアの中へ――。

ピアンタ　（入ってすぐ、不意に立ち止まり）ところで、人間お腹がすいている場合の対処の仕方には二つの方法がありますね。
バルナバス　（面喰らって）なんですか？
ピアンタ　一つは何かを食べて満腹になる。（クラムに）もう一つは？
クラム　（即答）わかりません。
バルナバス　少しは考えたらどうだ。
ピアンタ　何も食べずに食欲の方をなくすのです。どうぞ。今日は他にお客さん誰も来やしませんから。

三人、促された席へ座り、ピアンタは一旦店の奥へと引っ込んで行く。

クラム　（バルナバスに、やや小声で）どうしてあんなことを言ったのでしょう。
バルナバス　（やはり、やや小声で）知らん。
クラム　（同じく）何も食わせないつもりでしょうか。
バルナバス　（同じく）知らんと言ってるだろう。クラム中尉、おまえを見ていると食欲がなくなる。

クラム　（同じく）それこそあの女の思う壺です。
バルナバス　（同じく）なんだと。
クラム　（同じく）お気をつけください、くれぐれも。
バルナバス　……（あえて話を変えて、カーヤに）おばさま夫婦のところに下宿されていると言いましたね。
カーヤ　はい。死んだ父の姉です。
バルナバス　今さらですが、下宿に立ち寄ってひとこと伝えておくべきだったのではないですか。おばさま心配なさるでしょう。
カーヤ　あたしもさっきからずっとそう思ってたんです。着替えの服や下着も持ってくるべきでした。お金だって少しはあったんです。
バルナバス　下宿に電話は？
カーヤ　ありません。
クラム　あなただけ戻りますか。
カーヤ　（咎めるように）戻りません。戦地に着いたら電報を打って。
クラム　（さすがに態度を変え）あんた、どうして俺にだけぞんざいな態度なんだ……！
バルナバス　（制して）クラム中尉。
カーヤ　（不機嫌に小さく）ごめんなさい……。
クラム　（納得いかぬまま小さく）失礼しました……。
バルナバス　（カーヤに）我々もお伴しますから一度下宿に戻りましょう。

クラム　⁉
カーヤ　いいのですか？
バルナバス　どうせもう終列車には間に合わない。
クラム　間に合います。
バルナバス　ゆっくり食事をしたなら間に合わない。
カーヤ　実を言うと、写真も持っていきたいんです。一枚しか持ち歩いていないので。部屋には沢山あるんです。
バルナバス　ラバン大尉の写真ですか。
カーヤ　はい。両親と撮った写真も。伯母さん夫婦と撮った写真もあります。
バルナバス　それはぜひとも取りに行った方がいい。
クラム　バルナバス大尉。
バルナバス　なんだ。
クラム　大尉は……戦地に戻りたくないのでありますか……。
バルナバス　（立ち上がり）なんだと……。

ピアンタが戻って来る。

バルナバス　……。
クラム　（ピアンタが手にしたものを）品書きですか？

ピアンタ　（カーヤに）手紙よ。十二時になりましたからね……。
カーヤ　手紙？　あたしに？
ピアンタ　先ほどあなたの伯母様がわざわざ届けに来たのです……。
カーヤ　伯母様が？
ピアンタ　伯父様も御一緒に……。
カーヤ　伯母様と伯父様が来たんですか？　（手紙の文字を読みあげて）「カーヤへ。夜の十二時に手渡しのこと」。
ピアンタ　さあ、声をあげて読みあげるんです。
カーヤ　……「愛する姪よ。朝早くから私たち夫婦はあなたのことを」
ピアンタ　もっと大きな声で。
カーヤ　……「朝早くから私たち夫婦はあなたのことをずっと捜し続けておりました。あなたは一体どこへ行ってしまったのです。あなたが知っての通り、夫はもうこの村にはいられません。今日たった今、私達は村を出ていきます。新天地にはあなたも連れて、新しい暮らしをあれこれと考え巡らせていたのにすべてご破産です。置き手紙の一つもなくこの大切な時にいなくなってしまったあなたのことを、私達はずっと恨むことになるでしょう。くれぐれも釘をさしておきますが、下宿はもう別の方の持ちものですから入ることは許されません。あなたの部屋のものはすべてお金に代え、お金にならないものは処分しました。夫も大変悲しみ、怒っています。今後、決して私達の前に現れるなと言っています。両親を亡くしたあなたを可哀想に思い預ってしまった

ことを、今とても後悔しています。あなたはろくでもない人間です。伯母より。」（絶句）

ピアンタ　伯母様泣いてましたよ……あなたも一緒に連れていくつもりだったんです……。

カーヤ　どこへ行ったのか知りませんか……⁉（とピアンタの肩のあたりに触る）

ピアンタ　触らないで！　知るもんですか。伯父様はどこか別の村で働き口が見つかったと言ってましたけど、嘘かもしれないわ……伯母様は何日も前からあなたに事情を打ち明けて相談したかったのよ……。それなのにあなたは口をきこうともしなかった……！

カーヤ　（自責の念にかられながら）ラバンのことで頭がいっぱいだったんです……。

ピアンタ　ラバン？

バルナバス　婚約者です、彼女の。

ピアンタ　（不潔な物を見るように）恩知らず……！　人でなし……！　カーヤ、あなたはどこかで野垂れ死ぬんです！　当然の報いよ。罰があたったの！

カーヤ　……。

※　※　※

走行中の終列車の中。バルナバスとカーヤがいる。

バルナバス　（カーヤに）以上。それ以外の行動もすべて軍規に従うこと。いいですね。

カーヤ　（窓の外を見ている）
バルナバス　いいですね。
カーヤ　（外を見たまま）はい……。
バルナバス　（やや強く）ひとつでも守れないことがあれば、あなたは即刻送還され、私たちは軍法会議にかけられます。
カーヤ　（真摯《しんし》に）わかりました。
バルナバス　よろしい……（軽く微笑みかける）
カーヤ　バルナバス大尉。
バルナバス　はい。
カーヤ　どうしてあたしにそんなに親切にしてくれるのですか？
バルナバス　私にも婚約者がいるんですよ……。
カーヤ　そうなんですか……。
バルナバス　ええ……決して器量はよくありませんが、とても……とても心のやさしい人です……。唄が大好きでしてね、とても綺麗《きれい》な声で唄うんです……。
カーヤ　そう……お名前は？
バルナバス　名前は……（表情険しくなり）ん⁉
カーヤ　忘れちゃったんですか⁉
バルナバス　思い出せない。昨日も手紙を書いたというのに……きっとど忘れです。一時的なものですよ。さきほどウトウトした時にだって彼女の夢をみたんですから。彼女が独楽を

カーヤ　回してる夢です。
バルナバス　（ギョッとして）独楽!?
カーヤ　ええ、緑色の。
バルナバス　（仰天して）緑色!?
カーヤ　どうしていちいち驚くのですか。
バルナバス　緑色の独楽を回したんですか!?
カーヤ　ええ。
バルナバス　（急《せ》かすように）それで!?
カーヤ　それで、私はその独楽を見つめながら宙に浮かぶんです。
バルナバス　いいえ、なんとか独楽の回転を止めずに摑み取ろうと四苦八苦しているんです……。
カーヤ　（ホッとして）ああ……じゃあ違う夢です。
バルナバス　何と？
カーヤ　あたしのとは違うんです。
バルナバス　……。
カーヤ　……。
バルナバス　……ねえカーヤさん、物事の動きを止めることなく、その物事の、本当の姿を把握するのは、とてもむつかしいことだとは思いませんか……？
カーヤ　そんな哲学考えたこともありません。

バルナバス　そうか、そうですよね……あなたはまだ若い。
カーヤ　若さどうこうではなく、わかりやすいことが好きなんです。
バルナバス　なるほど。少し元気をとり戻したようですね……。カーヤさん、あなたに一つ、お願いがあるのですが……。（と鞄を探る）
カーヤ　なんですか……？

バルナバス、鞄から布袋を出し、中から奇妙な色使いの箱を出すと、カーヤに差し出す。

バルナバス　これを預ってほしいのです。
カーヤ　（受け取り）なんなんですか？（箱の蓋を開けようと）
バルナバス　（強く）開けてはいけません！
カーヤ　（慌ててやめ）え？
バルナバス　グルーバッハ曹長からの預り物です。もっとも私も、グルーバッハ曹長から預ったという別の兵隊から預ったのですが……その兵隊もまた別の兵隊から。
カーヤ　何が入っているんですか？
バルナバス　わかりません。決して中を見てはいけないというグルーバッハ曹長からの御命令だそうです。万が一曹長の身に何かあった時には御遺族にお届けするようにと。
カーヤ　あたしが⁉
バルナバス　その時は誰かに預ければいい。

カーヤ　困ります。
バルナバス　お願いします。私たちは兵士です。いつどうなるかわからない。
カーヤ　そんなの今に始まったことではないですよね？
バルナバス　なんだか嫌な予感がするのです。
カーヤ　……。
バルナバス　預っていただけますね。
カーヤ　（渋々と）わかりました……。
バルナバス　決して中を見てはいけませんよ……。

コウモリ傘をさした車掌が来る。

車掌　（奇妙に歪んだトーンで）永らくの御乗車ありがとうございます……朝日が昇ろうとしています……。当列車、間もなく終着駅に到着します……。先ほど、予定より少し永く駅に停車したことをお詫びしましょう……。実は、疲れた鹿が線路に横たわっていたのです……。
カーヤ　鹿……!?　轢いたりしてませんよね……!?
車掌　轢いてしまいました……。
カーヤ　え……!?　どうして!?
車掌　どかないからです……。

カーヤ　……。
車掌　どかないからですよ……。
カーヤ　ちゃんと言って聞かせればどくんです！　そうならそうと言ってくれればバルナバス大尉がなだめてくれたのに！
バルナバス　誰を。
カーヤ　（すでに嗚咽していて）鹿をです！　疲れた鹿は疲れていただけなんですから！
バルナバス　鹿をなだめるなんて考えは私にはありません。
カーヤ　（その物言いがショックで）……。
バルナバス　轢いてしまったものはしょうがない。ほら、涙を拭きなさい。（車掌に）申し訳ない。まだ子供なんです。
カーヤ　……。

車掌が戻ろうとした時、隣の車両からクラムが来る。

クラム　（車掌に苦言を呈するように）一体なんなのですかあの母娘は。
車掌　（察して）ああ……この列車に居着いてしまったんです……。
クラム　居着いた？　居着いたというのは――
車掌　仕方なく、皆大目に見てやってるんですよ……。
クラム　住んでるんですかこの列車に。

バルナバス　クラム中尉、何を騒いでいる。
クラム　今便所に行ったら……（泣いているカーヤに気づき、少し嬉しそうに）……え、泣かせたのですかついに。
バルナバス　泣かせてなどいない。ついにってなんだ。
クラム　（それには答えず）先ほどから震えが止まらないのです……なんだか体が宙に浮いているような気がして……。
カーヤ　え……。
バルナバス　風邪でもひいたんだろう。じきに着くぞ。（窓の外を指し、カーヤに）ごらんなさい……あの山の向こうで光ってるの、あれ閃光弾ですよ。

クラムはなぜか座らずに立っている。車掌は去っており、隣の車両から、妊婦の娘（レニ）を連れた母親（オルガ）が、幽霊のように静かに現れる。

クラム　来やがった……。
オルガ　（クラムに）どうしてお逃げになるのかしらと思ったら、そうですか、（娘に）ごらん、女を連れてるよ。
クラム　この人は違う。
オルガ　（バルナバスに）御苦労様です……。（娘に）ほらレニ。
レニ　御苦労様です……。

クラム　戻れ！　戻らんとひどいぞ！（バルナバスに）敵兵の女房と母親です。
バルナバス　敵兵の……？
オルガ　（クラムに）違う？　違うというのは？
クラム　この方は単なる同行者だ。
バルナバス　ベラベラ喋《しゃべ》らんでいい！
オルガ　（クラムに）お逃げにならず責任をとってくださいませ……御親切にあなたはこの子の背中をさすってくださいました……。ただ、丁度あたしの見えないところで何をしたかはわかりゃしません……。
レニ　そうよママ、この方レニにいろんなことをしたわ……。
クラム　嘘をつけ。おまえが便所に隠れていたんじゃないか。（バルナバスに）いきなり俺のあちこちをベロベロ舐め回しやがって……！
レニ　（驚いたように、しかし笑顔で）何をおっしゃるの。あなたが言ったんだわ「おまえのベロを見せてみろ」って。（カーヤを見る）
カーヤ　（顔をそむけ）……。
クラム　どの口が言う……。
バルナバス　なんだたかりか。向こうに行け。
クラム　母親になる人間が。おぞましい。
オルガ　おぞましいのはあなたの方です。責任をおとりなさい……ええ、お腹の子の父親はとっくにあなた方に殺されてしまったことでしょうよ！

レニ、突然泣き崩れる。

オルガ　泣いたってヨーゼフは生き返らないよ！
バルナバス　いくらほしい。
オルガ　（驚いたように）お金なんかいりません！
バルナバス・クラム　……。
オルガ　あなたはお腹の子の父親になるのです。
クラム　敵兵だぞ俺は！
オルガ　子供は親を選べません！
クラム　……いや選べないからこそ、
レニ　（遮って）嫌よこんな人！
クラム　え……。
オルガ　贅沢を言ってる場合じゃないのがわからないの⁉
レニ　（バルナバスを指して）レニこっちの方がいい。こっちの人の方が偉いのよ、そうでしょ⁉
オルガ　そうかもしれませんけど……（バルナバスに）あなた、お腹の子の父親になる気は
バルナバス　（遮って）ありません。冗談じゃない。
レニ　この女（カーヤ）のことが好きなの……⁉

バルナバス　え。
オルガ　（まるで「話が違う」とでも言うように）そうなんですか……？
カーヤ　別の車両に行きましょう。
レニ　（カーヤの前に立ち塞《ふさ》がり、彼女を吟味するように見て）わあ……あなた痩せてるけどよく食べるでしょう。きっと子供を何人も産んで、金ばかりかかる女になるわ。
バルナバス　やめないか。この人は何も関係ない……！
オルガ　かばいたいお気持ちはわかりますけど、この子の人を見る目は確かですよ。
クラム　バルナバス大尉、向こうの車両へ。
オルガ　無駄です。ここをどこだと思ってるんですか。私達の住まいですよ。あなた達の逃げ場はもうどこにもないんです。
バルナバス・クラム　……。
レニ　（カーヤを見ていたが）ねえママ、この女。
オルガ　なんですか。
レニ　（バルナバスに）思い出した。この女、この前別の兵隊と乗ってた女よ。
オルガ　別の兵隊と……？
レニ　あたし憶えてるもの。（カーヤを見たままバルナバスに）この女は駄目よ。ひどい尻軽女なの。若い兵隊をたぶらかしてその男の弟と花を摘みに行ったのよ。
カーヤ　!?
レニ　ばれて咎められて、言い合いになってた。

カーヤ　違うわ、あれは手紙に
レニ　（遮って、強く）違わない！
バルナバス　（カーヤをレニから引き離して）相手にするな。本当のことなんか誰にもわからない……！
オルガ　（思い出して）ああ、あの時の女ね！
レニ　そうよあの時の女よママ！（カーヤに）あなた、うまくやったつもりなんでしょうけど、あの若い兵隊があたしに何をしたか知らないでしょう。
カーヤ　え……。
レニ　あなた呑気《のんき》にスヤスヤ眠ってたもの。ひどいことをされたわ……。
オルガ　ああ、ひどい男だったね……。
レニ　「黙って言う通りにさせれば次の駅でサンドイッチを買ってやる」って言われた。嫌な匂いのする男だったわ……「サンドイッチなんかで何もさせてやるもんか」って言ったらあの男、目に涙をいっぱい溜めてあたしにすがりついたのよ。「お願いお願い」って。てんで子供ね。気持ちが悪い！

カーヤ、レニに歩み寄ると、彼女の頬を張る。

レニ　！
オルガ　何をするんです！

カーヤ、止めようとするバルナバスとクラムに構わず、レニに摑みかかる。
ややあって、バルナバスとクラムはカーヤをとり押さえ、レニはようやくその場から逃《のが》れる。

オルガ　（カーヤを振り向いて）ひどい人がいたもんだよ！　恐ろしい世の中だ！

照明が変わり、人々が静止する。
その時、カーヤは列車の中を横切るラバンの幻影を見た。

カーヤ　ラバン！

振り返ったラバン、すぐに消える。

6

4場の翌朝。一九二三年初冬のシュティグリッツ公園。シーソー、ジャングルジム、鉄棒などの遊具とベンチ、ゴミ箱。

ベンチで一夜を明かしたらしい男1と男2。

そう遠くない場所を列車が通過している音。

ブランコに乗り、寒そうにスマホで電話をかけている男2。

男1　(鞄を枕代わり、新聞を毛布代わりにし、ベンチで横になったまま、あるいは半身を起こし)どう?　駄目?
男2　駄目だよ。ずっと圏外。そりゃ圏外だろ時代が違うんだから。
男1　(舌打ち、あるいは溜息)
男2　迷うか普通。(と言いながらポケットからティッシュを出す)
男1　迷ったじゃないか実際。

男2鼻をかみ、ティッシュをゴミ箱に捨てに行く。

男2　寒い……腹へった……（ゴミ箱の中に何かを発見して）人形だ……。
男1　え。
男2　人形。（とゴミ箱から出して見せるが男1は見ない）死体かと思った。
男1　思うなよ。
男2　『バック・トゥ・ザ・フューチャー』とかではどうしてたっけ。
男1　え？
男2　どうやって過去を抜け出して戻ってきたんだっけ、あいつ、マイケル・J。観に行ったろ一緒に。『バック・トゥ・ザ・フューチャー』。

男1　行ったっけ？
男2　行ったよ。おまえさんと俺と、フリーダちゃんの三人で。二本立ての安《やっす》い映画館。
男1　パートいくつ？
男2　3《さん》。
男1　3《スリー》か。
男2　3《さん》。西部に行くやつ開拓時代の。
男1　ああ。
男2　どうやって現代に戻ってこれたんだっけあいつ。
男1　戻ってきたっけ。
男2　戻ってきただろそりゃ。戻ってこなきゃ映画終われねえもん。シリーズ完結編だろあれ。

男1　かな。
男2　多分。
男1　だってあいつら、なんかタイムマシンみたいな車に乗っていってたじゃないか。
男2　デロリアンな。
男1　デロリアンか。自由自在だろ過去も未来も、あれがありゃ。
男2　ああ……（妬《ねた》むように）いいよなぁあいつらは。
男1　（同じく妬むように）ほんとだよ……あいつら……。
男2　（忌々し気に）所詮《しょせん》映画だよ。都合いいように書いてんだよ脚本。真実味がねえよ。ねえもんデロリアン現実には。
男1　うん……。
男2　（忌々し気に）マイケル・J……。
男1　うん……もう一本観たのなんだっけ、あれか。リチャード・ギアとあの女優の『プリティ・ウーマン』。
男2　『プリティ・ウーマン』だ……俺寝ちゃったんだよなあれ……。
男1　ジュリア・ロバーツな。
男2　ジュリア・ロバーツ。
男1　え寝てたの？　面白かったのに。
男2　フリーダの奴も言ってた。
男1　なんて？　面白かったって？

男1　うん。
男2　ああそう……。（なんだか嬉しい）
男1　（その様子に）……。
男2　……。どうすんだよ！　もう一度おまえんち行ってみる？
男1　行かないよ。今度顔見せたらぶん殴るって言ってたろひい爺ちゃん。
男2　うん……。しかしあんな態度もねえよな、実のひ孫とその親友によ。
男1　しょうがないよ、おまえだって突然夜中に「九十五年後から来たんだけど泊めてくれ」なんて奴らが訪ねてきたら泊めないだろう。
男2　うーん……。
男1　泊めないよ。
男2　うん……。
男1　……六年後に死んじゃうんだよ。
男2　俺!?
男1　ひい爺ちゃん。
男2　ああ。
男1　婆ちゃんが十歳の時だったって言ってたから……心筋梗塞だかで……。
男2　俺は？
男1　知らないよおまえのことなんか。
男2　俺は長生きするよ。

男1　しろよ勝手に。
男2　するよ。おまえもしろよ。
男1　ほっとけ。
男2　でどうすんの⁉　このまま戻れなかったら俺達、どんなに長生きしても随分昔に死んでるよ⁉
男1　迷ってるうちに来ちゃったんだからまた迷ってりゃ戻るよ！
男2　無理すんなよ。おまえさん、そんな楽観主義者じゃないだろ⁉
男1　（図星で）……。（誰かが来たことに気づく）
男2　（も気づき）あ……。

やってきたのは四歳のユーリエ（のちの男1と女1の祖母。以下2場と同様に「少女」と表記）とその父母。（男3、女3とする）母は女1によく似ている（同じ演者が演じる）。

男3　（女3に）ゆうべの奴らだ……。
男1・2　（口々に）どうも……（とか）おはようございます……（とか）。
男1　ゆうべは遅くに御迷惑を。
女3　いえ……
男3　見るんじゃない。キチガイだ。うつるんだキチガイは。

女3　(やや小声で)言い過ぎですよあなた。ゆうべはちょっと混乱してただけかもしれないじゃありませんか。(少女が男1、2に近づいていくので)ユーリエ。いけません。
男3　ユーリエ!
男1　(近づいてきた少女に思わず)婆ちゃん……
女3　!?
男2　四歳か婆ちゃん。
女3　!?(慌てて少女に)来なさいこっちに。
男3　言わんこっちゃない!　行ってくるぞ!
女3　行ってらっしゃい。(少女に)ほらお父様に行ってらっしゃい。
少女　行ってらっしゃい。
男3　ああ。また新しいの買ってやるからあきらめなさい。
少女　ヨゼフィーネちゃんじゃなきゃ嫌なの!
男3　……。(歩き出し、再び振り向いて)早く離れろ!(去った)
少女　(女3に)ヨゼフィーネちゃんじゃなきゃ嫌……。
女3　しょうがないわ、これだけ探してないんだもの。きっと誰かが持って帰っちゃったのよ。
少女　ヨゼフィーネちゃんが知らない人になんか着いていくわけないわ……。
女3　……じゃあもう少しだけ探(不意に)なんですか……!?

男2がじっと見つめていたのだ。女3が女1にそっくりだからだろう。

男2　いえ……

女3　もう少しだけ探しましょう。

少女　うん。（探しながら呼び）ヨゼフィーネちゃん！

女3　……。（あとを着いていく）

男2、再び女3の顔を見ていたが、

男2　あの……

女3　はい？

男2、ゴミ箱のところへスタスタと歩いていくと、中から人形を拾い上げる。この間、少女はずっと人形の名を呼び続けている。（少女は、どこかで、女2と同じ演者に代わっていたい）

女3　あ……。

少女の声　（何かの陰で姿は見えず、気づかぬまま呼んで）ヨゼフィーネちゃん！

女3　ユーリエ！　ヨゼフィーネちゃんいましたよ！

少女　（飛び出してきて）ヨゼフィーネちゃん！
女3　よかったね！

（少なくともここからは、少女は女2と同じ演者が演じる）

男2　（声を作って）「ヨゼフィーネちゃんですよ〜婆ちゃぁぁん！」
少女・女3　……。
少女　ヨゼフィーネちゃんはそんな声じゃない！（と人形を奪い取る）
女3　（少女に）ユーリエ……。
男2　ごめんなさい……。
女3　ありがとうございます……。
男2　（少しヒロイックな気持ちで）いいんですよ……。
女3　あなたが捨てたんですか？
男2　違いますよ！　さっき覗いた時に「ああ死体が」死体じゃねぇや、「人形が捨ててあるなぁ」と思って。
女3　（なぜ「死体」などと言ったのかと、内心気味悪く思いつつ）……ああ。
男2　ええ。
女3　（少女に）ほらユーリエ、ありがとうでしょ。
少女　（男2に）シタイって何？

女3　いいんです。
男1　よかったね見つかって。
少女　（笑顔で）うん……！
女3　ん、どうしてこいつに言うんだろうか。見つけたのは俺なんだけど、いいけど。
男2　（むしろ男1に）何かお礼をしなくては……。
男1　（女3に）いいんですよお礼なんて。
男2　うんだからどうしておまえが言うの？（女3に）じゃお言葉に甘えて今夜一晩だけ泊めてもらっても、
男1　（遮って）おい……。
女3　そうしていただきたいんですけど、主人が――、
男1　ええ、もちろんわかってます。
女3　じゃせめて……（とサイフから札を出し）かえって失礼かもしれませんけど……。
男1　（受け取って）いえそんな……じゃ遠慮なく。
女3　では失礼します。
男2　（男1に）六年後に来ればよかったな。
女3　はい？
男2　（女3に）いえ、六年後ならあなたの御主人もう、（いなくなってるらしいから）
男1　（強く）おい！
男2　もう丸くなってるかもなと思って。人柄がね。（笑う）

女３　どうかしら。（仕方なく合わせて少し笑い）ごきげんよう。ありがとうございました。
少女　（行きながら男１に）バイバイ。
男２　バイバイ。また帰ったら向こうでね。
男１　（男２に）俺にバイバイしたんだよ。バイバイ。
少女　バイバイ。（行きながら女３に）お母様。
女３　なんですか。
少女　シタイっていうのは、
女３　（遮って）いいんです死体のことは。

少女と女３、来た方へと去った。
やや、間。

男２　（去った方を見ながら）そっくりじゃねえか……。
男１　（何か別のことを考えているようで）え……。
男２　ひい婆ちゃん。おまえさんの妹の若い頃に。
男１　ああ……。
男２　どうすんの彼女、六年後に旦那亡くして。再婚は？
男１　ずっと独身。
男２　ああそう……。（と感慨深げに再び彼女が去っていった方を見る）

男1　二十年後にアウシュビッツのガス室で死ぬまでずっと独身だよ……。

短い沈黙。

男2　（憎々《にくにく》し気に）ヒットラー……！

男1　とりあえずこの金で何か食おう、繁華街出て。

男2　ああ……（ふと）出られるか繁華街。また迷って、気がついたら旧石器時代とかごめんだぞ！

男1　迷ってるうちに二〇一九年に戻れるかもしれないだろ。

男2　迷うにしても食ってから迷おう。

男1　（ハタと）あ……。

男2　なに。

男1　確かあの本にこの年代の街の地図があった。

男2　なにあの本て。

男1　『すぐわかるカフカ入門』。

と男1、鞄を開ける。

男1　（「!?」となって）……。

男2　何？
男1　これ俺の鞄じゃないよ……。
男2　え？（男1が次々と鞄から出す物を言い）双眼鏡……マッチ……長いマッチ……固くなったパン……一包みの石炭……グルーバッハ曹長からの絶対に中を見てはいけない預かり物……ネクタイの束……。
男1　ノートがない……！
男2　え……？
男1　ないよノートが……！　原稿……！　カフカの遺稿……！
男2　（呆れて）置いてきちゃったんじゃねえのどこかに。
男1　違う！
男2　（不平を言うように）『カフカ入門』は？　すぐわかる。
男1　ないよ……！　なぜならこれは俺の鞄じゃないからだ！（ハタと）あの時だ……！
男2　（不平を言うように）どの時。
男1　ゆうべおまえがひったくりから鞄取り返した時だよ！　ぶつかったろ似たような鞄を持った男と！
男2　ああ……じゃそいつが持ってんじゃねえのおまえの鞄。
男1　そうだよ！
男2　……え誰なんだよそいつは。
男1　知らないよ！

男2　じゃ駄目じゃねえか。
男1　駄目だよ！　……なんだこれ……。
　　男1、紐で縛られ、パラフィン紙のような紙に包まれた物を鞄から取り出して見つめる。
男1　……。
　　男1、乱暴に包み紙をはがし始める。列車が激しい音をたてて通過していく。
　　中から出てきたのはカフカの肖像写真。
男2　（興味無げに）なんだ写真だよ。
男1　これ……
男2　なんだよ、ただの写真だよオッサンの。捨てろ。知らないオッサンの写真ほどいらないものはないよ。
男1　見たことないか、この男……。
男2　ない。
男1　カフカだよ。
男2　カフカだよ。なんで⁉

男1、破った包み紙の切れ端を拾い、そこに書かれた文字を読む。

男1　「ドクター・ホフマンズ・サナトリウム4号室　フランツ・カフカ様にお届けのこと」

男2　……この写真届け物だ、カフカへの……！

男1　ん？　てことは？　おまえの鞄は？

男2　（慄然と）今頃フランツ・カフカ本人の前で開けられてるかもしれないってことだよ

男1　……自分が書いた遺稿のノートと、すぐわかる自分入門の入った鞄が……小さなサナトリウムの一室で……！

男2　それは……いいの？　悪《わり》いの？

男1　わからん！　そしてたった今気づいた……

男2　何に。言ってみろ！

男1　カフカはおそらく何日後かにこの公園で婆ちゃんと出会うはずだった……婆ちゃんは明日もあさっても、毎日人形を探しに一人でこの公園に来るはずだった……。

男2　「はずだった」⁉　なんだ「はずだった」って！

男1　本当にわからないか……？　もう婆ちゃんはこの公園に来ない。来る必要がない。

男2　どうして！

男1　おまえが人形を見つけて返しちゃったからだよ！

短い間。

男2　（ようやくハッとして）……あ！
男1　これで婆ちゃんとカフカの接点はなくなった！　ってことは、婆ちゃんにあのノートは渡らない！　ってことは……。
男2　ってことは⁉
男1　もう俺の鞄の中には、あのノートはないかもしれない……！
男2　ってことは？
男1　借金は返せない……！
男2　ってことは？
男1　俺んちには火をつけられる……！
男2　ってことは？
男1　……自分で考えろ。
男2　（すぐに）わかんねえ。
男1　おまえは俺にこうされるんだよ！（と男2の首を絞める）

再び列車が、さらなる轟音と共に通過していく。

男1　（列車を見て）⁉（と男2の首から手をほどくと、思わず、先ほど鞄から出した双眼鏡で、走り去っていく列車を見る）

男2　何……⁉

男1　え……。

男2　なんだよ……。

男1　今列車の窓にカーヤが……

男2　カーヤ……？

男1　カーヤ・ディアマントが見えたような気がした……。

男2　（わからず）誰⁉

背後に、一九二三年のプラハの繁華街の風景と、街を行き交う人々が浮かび上がる。その中にはフランツ・カフカと恋人ドーラ・ディアマントの姿もあるだろう――。

溶暗。

7

戦地に設《しつら》えられた軍のための一室。
事務机が二つ。後方に大きな書類棚。
軍人と退役軍人、タイピスト（女性）がいる。

退役軍人　（酒の入ったグラスとパイプを手に）わしにはよくわかっとる。同情するよ。始めのうちは手榴弾《しゅりゅうだん》をぶん投げたり鉄かぶとをかぶったりするのが楽しくてたまらない。ところが間もなくそんなことにも飽きてしまうと、あとはもううんざりだ。

軍人　（ゴマをするように）まったくです。

退役軍人　（タイピストに）打ちたまえ。そこへいくと、昔の戦争はもっとずっと活気があって楽しいもんだった！　第一馬がいたからな、馬が！　丸いおケツをズラリと並べた軍馬の群れ、真っ赤な軍服を着たわが軍の騎兵隊は号令一下、敵軍へ向かって殺到する。これを迎え撃つ敵の騎兵隊がまた粋《いき》だった！

皆、笑う。
ドアをノックする音。

軍人　誰だ。

門衛主任の声　門衛主任です。お仕事中に失礼いたします。

軍人　なんだ。

ドアを開ける門衛主任。傍らにカーヤ。

門衛主任　入れ。（とカーヤを小突いて部屋の中へ）例の、バルナバス大尉がどこぞの村から連れてきた娘です。

カーヤ　……。

軍人　今忙しい。何があった。

門衛主任　死体置場に忍び込もうとしておったのです。

軍人　死体置場だ……？

退役軍人　（カーヤに）死体置場で何をするつもりだった。

門衛主任　死体を探そうとしていたそうであります。（メモを見て）ラバン・ハシェック少尉の。

軍人　誰だって？

門衛主任　先週亡くなった兵士のようです。

カーヤ　ラバン・ハシェックです。本当に死んだのなら死体があるはずですから。

短い間があったあと、まず軍人が笑い、つられるように皆、笑う。

カーヤ　何が可笑《おか》しいんですか……⁉

軍人　先週分の死体なんか置いておくわけがなかろう。腐っちまう。そんなものとっくに埋めてしまったよ。

カーヤ　え……。

軍人　そもそも死んだその少尉は

カーヤ　（遮って）ラバンは少尉ではなく大尉です。名誉の戦死が讃えられて昇級したんです。

退役軍人　お嬢さんの言ってることは矛盾してるね。

カーヤ　何がですか……⁉

退役軍人　名誉の戦死で昇級したんなら、その男は死んでいるんだよ。

皆、笑う。

カーヤ　可笑しくない……！

門衛主任　言葉に気をつけろ！

軍人　君はもう下がりたまえ。

門衛主任　はっ。失礼いたしました。

門衛主任、出ていった。

カーヤ　死体置場に入ろうとしたことは謝ります。腐る腐らないなんてことにはまったく考えが及びませんでした。ですけど、もう一度きちんと調べてもらえませんか、本当にラバン・ハシェックは死んだのか。きっと何かの間違いだと思うんです……！

軍人　よろしい。すぐに調べよう。

カーヤ　ありがとうございます！

軍人　どれどれ。（と適当に手元の本を見て）ああ残念ながら死んでるね。

カーヤ　⁉（駆け寄って、表紙を見て）『クララとハンス・めくるめく肉欲の日々』。（別のページを見、卑猥《ひわい》なさし絵を目にしたのだろう、慌てて目をそむけて閉じる）

皆、その様《さま》を笑う。

カーヤ　ここは何もかも汚らしい……。

その発言に皆、また笑う。先ほどからタイピストが抜きん出て大きく笑っている。

軍人　（ので）君は笑い過ぎだ。

タイピスト　すみません……。

カーヤ　まさか軍隊の皆さんがこんなにも非協力的だとは思ってもみませんでした！　この方たちは戦争やってんだよ！

タイピスト　（ものすごい剣幕で）のこのこやってきてなに勝手なこと抜かしてんだい！

カーヤ　……怒らせてしまったのなら謝ります……事をうまく運びたい時には相手をおだてて機嫌よくさせるべきだと何かの本に書いてあったのをすっかり忘れてました……。

退役軍人　（軍人とタイピストは「⁉」となる中）ハハハ……なかなかに面白い娘さんじゃないか……名前は？

カーヤ　ありがとうございます。あなたもなかなかどうしてです。カーヤ・ディアマントと申します。実際のお齢《とし》よりずっとお若く見えますね。

軍人　（吐き捨てるように）おいくつなのか知らないクセに……。

退役軍人　（軍人に）君には彼女の切実さがわからんのか。

軍人　は……？

退役軍人　今すぐ戦死者名簿を調べてさしあげなさい！

軍人　はっ……（タイピストに）手伝いたまえ。

タイピスト　はい。

軍人とタイピスト、書類棚の引き出しを次々と開けて中を探り、書類をどんどん床に放り出す中――。

カーヤ　ありがとうございます……！　あの、お髭がとても素敵です。
退役軍人　無理しておだてんでよろしい。お嬢さんのような人間は思ってもないことを言うと疲れるだろう。
カーヤ　そうなんです。もう少しで息が詰まりそうでした。
退役軍人　たいした髭じゃないしね。
カーヤ　そうなんです。
退役軍人　……ラバン君というのは恋人かね？
カーヤ　婚約者です。
退役軍人　きっといい若者なのだろうね。
カーヤ　写真があります、一枚だけ。二人で一緒に撮った写真です。（と机に鞄を置いて、中からグルーバッハ曹長からの預かり物を出す）あ、これはなんでもありません。（としまい）ありました、これです。
退役軍人　（鞄に戻されたグルーバッハ曹長からの預かり物が気になって）……。
カーヤ　見ないんですか。
退役軍人　何を？
カーヤ　写真です。
退役軍人　ああ写真ね。そうだった。（見て）何君だっけ。
カーヤ　ラバン・ハシェック。
退役軍人　ラバン・ハシェック。ああ、若いね。二人共とても幸せそうだ……。

カーヤ　（しばし見つめていたが、小さく）これ……。
退役軍人　どうしたね。
カーヤ　（突如不安になったのか）これ、ラバンですよね……？（と退役軍人を見る）
退役軍人　わしにはわからんね。ラバン君なんだろ？
カーヤ　のはずです……。あたしがガザと写真なんか撮るはずありませんから。
退役軍人　ガザ？
カーヤ　双児の弟ですラバンの。どうしてそんな風に思えたんだろう……。
退役軍人　ああ。生きてるのかねガザ君は？（と写真を指す）
カーヤ　これはラバンです。
退役軍人　失礼。
カーヤ　生きてます二人共……きっと。……そうだ、手紙も持ってきてるんです。（と再び鞄の中からグルーバッハ曹長からの預かり物を出し）あ、これはいいんです。（としまう）
退役軍人　（いよいよ気になって）……。
カーヤ　（手紙を出して）これです。読んでみてください。
退役軍人　（受け取るが、うわの空で）……。
カーヤ　なんだかおかしいんです。軍隊には検閲係というのがいるそうですね。兵隊が書いた手紙をそっくりそのまま書き換えてしまうと聞きました。本当ですか。
退役軍人　（聞いていなかった。で軍人に）本当かね……!?
軍人　（まだ棚の中を探していて）は？　何がでありますか？

退役軍人　（カーヤに）何がかね？
カーヤ　ですから——
タイピスト　嘘よそんな話。検閲係だなんて聞いたこともないわ。
カーヤ　……本当に？
軍人　検閲係？
タイピスト　ほら。騙《だま》されたのよあなた。
カーヤ　だって、じゃあこの手紙は……

見れば、退役軍人がグルーバッハ曹長からの預かり物を開けようとしていた。

カーヤ　あ、それ開けちゃ駄目です！
退役軍人　もう遅い！（と開ける）
カーヤ　開けてしまった……！

短い間。

退役軍人　なんだ。たいしたもんじゃないじゃないか。
軍人　たいしたもんじゃないですね。
タイピスト　たいしたもんじゃありませんよ。

カーヤ　確かにたいしたもんではありませんけど……約束を破ってしまいました……！

退役軍人　誰との約束だね。

カーヤ　バルナバス大尉です……。

軍人　バルナバス……バルナバスがおまえに預けたと言うのか……。

カーヤ　そうです。絶対に開けてはいけないって……。

軍人　おい……まさか……

カーヤ　グルーバッハ曹長からの預かり物です。

軍人　！　どうしてそんな大切なお品をおまえなんかに！

カーヤ　わかりません！　嫌だと言ったのに押しつけられたんです、どうしてもって！

軍人　(頭を抱えて) なんたることだ！

※　※　※

戦場。

張りめぐらされた鉄条網、砂嚢の山。転がっている五、六体の兵士の死体。

爆弾の炸裂音、ライフルの銃声、機関銃の火を吹く音。

バルナバスとクラムを含む六名の兵士が戦闘中である。

とは言え、奇妙なのは、戦闘態勢なのは常に六人中三人であり、その間、他の三人は人形のように静止していることだ。

突如無線電話が鳴る。

バルナバス　（出て）こちらB―四七部隊……はっ……今のところは……はい、先週の作戦会議で閣下に御提唱いただきました完全交代制を試みております……（静止し微動だにしない三名の兵士をチラと見て）効率的かどうかはまだ（上官が怒鳴ったらしい）……申し訳ありません……そうですね、もちろんおっしゃる通りでありま……（切れた）……。

クラム　切られましたか……？

バルナバス　……。

クラム　師団長ですよね。はっきり進言なさったらいかがです。完全交代制は決して好ましい制度とは言えないと……！

バルナバス　おまえが口を挟む問題ではない。（別の兵士の様子がおかしいことに気づいて）トルソー中将、どうした。

別の兵士　（蒼褪めた顔で）自分は、いつも狙いをつけずに発砲するんです……引き金を引く時にはいつも「父なる神よ」と唱えることにしています……万が一弾丸《たま》が命中してしまった兵隊のためにです……。

バルナバス　少し休め……。

別の兵士　バルナバス大尉。

バルナバス　なんだ。

別の兵士　幾日も考えていたのですが……我々の代わりに敵兵の捕虜を戦わせたらどうでしょう

クラム　か……。
別の兵士　なんだと……?
バルナバス　捕虜です敵兵の。やらないと殺すと脅して戦わせるのです……。
別の兵士　貴様、味方同士で殺し合いをさせろと言うのか!
バルナバス　自分は恐ろしいのです……!
バルナバス　敵兵の捕虜だって恐ろしいのだ。(不意に) 誰だ!

バルナバスが足元の雑布を払うと、そこにいたのはカーヤ。

バルナバス　カーヤさん……。
クラム　前線には来ては駄目だとあれほど言ったのに……!
カーヤ　ごめんなさい。(トルソーと呼ばれた別の兵士に) 敵兵も味方の兵隊も、みんな戦争を恐ろしく感じているのですか。
別の兵士　そうです。
カーヤ　だったらいっそのこと戦争なぞやめてしまえばいいじゃありませんか。
クラム　そんなことできるわけがないだろう!
バルナバス　(冷静に) 戻りなさい。ここは女子供が来るところではない。帰営したら話しましょう。
別の兵士　(カーヤに) 行かないでください。どうやってやめるのですか?

カーヤ　わけないわ。仲間の兵隊一人一人に教えてあげるんです、敵の方でも戦争をやめたがってるって。そうすればみんな家へ帰れます。
別の兵士　なるほど……！
クラム　恐ろしくなんか感じてない兵士だって山ほどいるんだ！
バルナバス　（冷静に）やめろクラム中尉。
クラム　いいえやめません。よく聞け、貴様の婚約者と同じように、（死体を指しながら）こいつも、こいつも、こいつだって、「俺は絶対死んだりしない」と言っていたんだ。なのに見ろ、みんな死んだぞ！　そしてここが大切だ、こいつら誰一人恐ろしいなんてことは、
バルナバス　クラム中尉、殴られたいか。
クラム　……。

トルソーと呼ばれた兵隊が声をあげて泣き出す。

バルナバス　（あくまで冷静に）カーヤさん、あなたも戻るのです。
カーヤ　バルナバス大尉。あたし謝りに来たんです。
バルナバス　……何をですか。
カーヤ　実は……
バルナバス　（予感して）はい……？

カーヤ　ごめんなさい……。
バルナバス　（みるみるとり乱して）……実はなんですか……！　え⁉
カーヤ　（その様子に動揺しつつ）実は……
バルナバス　なんだ早く言え！　まさか、まさかグルーバッハ曹長からのお預かり物を、
カーヤ　はい。みんなで見てしまいました。
バルナバス　……！
クラム　こいつに預けたのですか⁉
カーヤ　ごめんなさい！　ですけど、開けてみたらたいしたもんじゃなかったので、どうして
あんなものを絶対に見てはいけないなんて言うのか、
バルナバス　（強く遮って）そんなこと問題じゃない！（すでに泣いている）
カーヤ　！　そうなんです……！（バルバナスが号泣するのを見て）本当にごめんなさい！

その時、後方高部に設置されたメガホンから喧《けたた》ましいサイレン。

そこにいる人々　！

続いて緊急放送が流れてくる。

アナウンス　ロージエ・バルナバス大尉、ビンダー・クラム中尉、大至急赤のB棟、13号室まで出

頭せよ！　繰り返す。ロージエ・バルナバス大尉、ビンダー・クラム中尉、大至急赤のB棟、13号室まで出頭せよ！

放送の中、明かりが絞られ、そこにはカーヤ一人が残される。
サイレンもやんでいる。

カーヤ　どうしよう……きっと二人とも偉い上官にこっぴどく叱られるんだわ……。
ラバンの声　箱を開けたのは君じゃないんだから仕方ないさ……。
カーヤ　（声の方は見ぬまま）そうなんだけど、約束は約束だもの……。ねえラバン、あなたやっぱり死んでしまったの……？

カーヤのイメージの中のラバンの姿が見える。
バイオリンとギターの演奏。

ラバン　それは君がどう思うか次第だな……。
カーヤ　そうよね……。
ラバン　うん、僕にはそうとしか言いようがない……お腹すいてない？　妙な虫に刺されたりしてないかい？
カーヤ　いないのにやさしくしないで。

ラバン　うん……。
カーヤ　戦死者名簿が見つからないんですって。
ラバン　え？
カーヤ　別の部局から来た伝令に他の書類と一緒に渡してしまったんじゃないかって言われたわ、間違えて。一体そんなことってあるのかしら？　間違いだらけだわ……。
ラバン　僕も君も十二の時だ……。
カーヤ　？
ラバン　学校の医務室でずっと二人きりだったことがあるよね……憶えてる？　君は風邪をひいて熱を出した僕につきそってくれたんだ……。
カーヤ　憶えてるわ……（少し照れながら）あたし、熱でうなされてるあなたのほっぺに、初めてのキッスをしたんだもの……。
ラバン　僕はびっくりして目を覚まして、君のことをじぃぃっと見つめたろ……？
カーヤ　うん……じぃぃっと見つめた……。
ラバン　あれはガザだよ。僕はあの日学校を休んだんだから。
カーヤ　……。
ラバン　学校から帰ってきたガザが興奮して僕に話したんだ。僕はその夜悔しくて悲しくて、一晩中泣きはらしたけど、君は間違えたんだから仕方ないって思うことにした……。ね、ほら、ずっと前から君だって間違いだらけなんだよ、カーヤ。
カーヤ　なんとなくそんな気がしてた……あなたがすぐに言ってくれさえすれば、あたし悩ま

ラバン　なくてよかったんだわ……いつだってそうよ……今目の前にいるのがラバンなのかガザなのか……。
カーヤ　君が好きなのが……？
ラバン　……。
カーヤ　君が好きなのがかい……？
ラバン　ガザのことなんて考えたくない……！　ガザなんか最初からいなければよかったんだわ……！
ラバン　……答えてくれないんだね……。

ラバン、消える。

カーヤ　……。

※　※　※

カーヤはそのままに、他のエリアは赤のB棟、13号室の内部になる。
いわば処罰室である。
バルナバスとクラムの悲鳴の中、風景が浮かび上がる。
鞭打たれ傷だらけのクラムは両手を縛り上げられており、バルナバスはなにやら大仰な形状をした機器にうつ伏せに横たわっていて、巨大なけんざんのようなものが背中に向かって針を突き立てている。二人共半裸である。それぞれに一人ずつの処刑人が就いている。

少し離れた、床に真っ赤な敷物を設えた階段では、ワイングラスを手に、着飾った三人の女がこの処罰を楽しそうに鑑賞している。師団長の妻マグダレーナ、彼女の家に住まう看護婦グレーテ、同じく彼女の家に住まう盲目の女インドラである。三人の傍らには接待役の司令官がいる。

バルナバスとクラムが悲鳴をあげる中、カーヤが来るが、まだ誰も気づかない。強く鞭打たれたクラムがひときわ大きな悲鳴をあげる。あまりの衝撃に、しばしカーヤは声もない。

カーヤ　……。

インドラ　（嬉しそうに）奥様今は？　どんな風にされているのですか？

マグダレーナ　今大きく悲鳴をあげたのが痩せた方の男よ。さっきから同じ所を鞭でぶたれてるから耐えかねたんじゃないかしら。

インドラ　立派な方の男はどんな風？

グレーテ　（オペラグラスを覗きながら）針が何本も肉に喰い込んでるわ。絨毯を縫えそうなほど太い針よ。

司令官　罪状文を針で体に刻み込むんです。わが軍独自の素晴しい処刑器ですよ。（インドラに）御覧いただけないのが実に残念だ。

インドラ　血は？　たくさん流れてる？

マグダレーナ　血はさほど流れてないわね。

司令官　でも奥様、その分真っ赤に腫れ上がってますよ。

グレーテ　（司令官に）失神させては駄目よ。気つけ薬を嗅がせながらやらなくちゃ台なしだわ。

司令官　（処刑人たちに）おい！　気つけ薬を嗅がせろ！

マグダレーナ　（グレーテに）気つけ薬なんかより他に何かないのかしら。例えばもっと沁みるような
――

グレーテ　あ、それでしたら塩を擦り込むかレモンでも絞ってやるといいわ。

司令官　（処刑人に）気つけ薬はいい！　塩だ、傷に塩を擦り込め！

バルナバス　（呻き声をあげ）もう堪忍《かんにん》してください、どうかお願いです……！

インドラ　どっちの声ですか？

マグダレーナ　立派な方よ。まだ喋るだけの気力があるのね。

バルナバス　待ってください……！

マグダレーナ　泣いてるわ。

インドラ　どっちが？

マグダレーナ　立派な方。もう顔がグショグショよ。

インドラ　涙で？

グレーテ　涙、汗、鼻水。脱水症状を起こすかもしれないわね。

司令官　さっさとやらんか！
カーヤ　やめてください、死んでしまいます！

皆、ここで初めてカーヤの存在に気づいた。

インドラ　誰⁉
バルナバス　カーヤさん……またあんたか……。
司令官　なんだおまえは。塩ぐらいで死ぬもんかね。
カーヤ　いくらなんでも酷すぎます！　塩なんかじゃなくて薬を塗ってあげてください。
インドラ　ねえほら女の声！
グレーテ　女がいるからよ。
インドラ　誰なの⁉
グレーテ　知るもんですか。
マグダレーナ　しっ。なんだか面白くなりそうよ……。
クラム　カーヤさん……。
カーヤ　はい。大丈夫ですか……⁉
クラム　どうかあなたから司令官殿に訴えてもらえませんか、俺だけ見逃してくれるよう。
カーヤ　え……。
クラム　俺はちっとも知らなかったんですから……グルーバッハ曹長からの預かり物をあなた

司令官　が持ってるだなんて……。全部バルナバスが勝手にやったことなんだから……。
クラム　喋るな！
バルナバス　ほら早く言ってくれよ！　俺は悪くないって！　早く！
クラム　（小さく）貴様……。
うるせえ！（司令官に）司令官殿！　その女だってバルナバスが勝手に連れてきたんです！　俺は最初っから反対したんです！　本当です！
司令官　なんのことやらサッパリわからん。構うな、やれ！

処刑人達、クラムとバルナバスの体に向かって塩を振りかける。
二人の壮絶な悲鳴。

カーヤ　（絶叫で）やめて！
インドラ　振りかけたの!?
グレーテ　振りかけたわ。
インドラ　擦り込むんでしょ？
グレーテ　ええ。
カーヤ　（司令官に）お願いですからやめてあげてください！　お願いします！　なんでもしますから！
司令官　なんなんだ貴様は。（処刑人に）擦り込むんだ！

クラムはあまりの激痛に、すでに失神している。

バルナバス　司令官殿……。
司令官　（煩わしそうに）喋るなと言っとるだろう！
バルナバス　そいつを……俺の代わりにその女を罰してください……。
カーヤ　⁉

短い間。

司令官　（バルナバス担当の処刑人の所まで行き）黙らせろ。殺してしまっても構わん。
マグダレーナ　（司令官に）お待ちなさい。その男の話を聞きたいわ。台から降ろしてあげて。
司令官　はい……⁉
マグダレーナ　その子に何を言うのか聞きたいの。
司令官　……はっ……（処刑人に）なにをボケっとしてる、聞いてただろう！
処刑人　はい。

処刑人、バルナバスを処刑器から解放する。

インドラ　（マグダレーナに）奥様、何が始まるの？（返答なし）面白いこと？（返答なし）ねえ奥様、その女はどんな顔をしてるの？

グレーテ　（代わりに答えて）とてもかわいい顔してるわよ……。

司令官　（カーヤに対峙せんとするバルナバスに）運のいい男だ。マグダレーナ奥様によぉくお礼を

バルナバス、いきなり司令官を突き飛ばす。

司令官　いてっ！　貴様何をする！

マグダレーナ　（かぶせて）お黙り！

司令官　……。

バルナバス　（司令官には目もくれず、カーヤだけを凝視して）貴様、あの預かり物を俺に嫌々押しつけられたと言ったんだってな……。

カーヤ　（その気迫に押されながら）言い方は悪かったかもしれないけど、その通りじゃありませんか……！

バルナバス　俺がいつ押しつけた……！

カーヤ　（こわいのだが）それは……それは感じ方の違いだと思いますね……！

バルナバス　フン、へらず口が。思ったことをなんでも口にしてるとそのうちひどい目に遭うぞ……。

カーヤ　あたしはラバンに会いたいだけなんです……親切にしてくださったことには本当に感謝してます。ひとりではとても来られませんでしたから……。
バルナバス　親切だ？　俺が親切なんかで貴様みたいなお荷物をわざわざ戦地に連れてくるわけがないだろう。
カーヤ　!?
バルナバス　おまえが若い女だったたから連れてきたんだよ……。
カーヤ　……いやらしいことを考えてたんですか……？
バルナバス　思いあがるなブタ！
カーヤ　！
バルナバス　手なづけて上官殿に妾《めかけ》として進呈しようとしてたんだ……チビで生意気な女ほど興奮する上官殿がいらっしゃるんだよ。
カーヤ　（怒りが込みあげ）……。
バルナバス　（鼻で笑って）黙りやがった……おまえの婚約者なんか死んでるに決まってるだろ。とっくに土の下で腐ってるよ。生きていきたけりゃどっかで娼婦にでもなるんだな……。
カーヤ　（司令官に）処刑を続行して……！
バルナバス　！
司令官　おまえが言うな。
カーヤ　舌を抜いてしまってください！　早く！

バルナバス　殺してやる！

処刑人達、バルナバスを取り押さえる。

カーヤ　川に沈めてしまって！
マグダレーナ　もう結構、よくわかったわ。（司令官に）この子の言う通りにしておあげなさい。
司令官　はっ。舌を抜いて川に沈めろ。

処刑人達、バルナバスを引きずるようにして連れ去って行く中――

バルナバス　（処刑人達に）やめてくれ！　お願いですやめてください！　何故あんな小娘の言う通りにするのでありますか!?（卑屈に）カーヤ！　カーヤさん！　冗談です！　全部冗談ですよ！　やめるようにと言ってください！　カーヤさん！

バルナバス、連れ去られた。
短い間。

インドラ　一体何があったの？
マグダレーナ　（インドラには構わず、カーヤに）あなた、あのイタチ男にだまされたのね。

カーヤ　（訝し気に）あなたは誰なんですか？
司令官　御質問に質問で返すな！
グレーテ　ハーゲンベック師団長の奥様よ。
カーヤ　師団長さんの？
マグダレーナ　マグダレーナです。この子達は私の娘のようなものよ。
グレーテ　グレーテです。
インドラ　何があったんですか奥様。
マグダレーナ　（冷たく）聞いてればわかったはずですよ。あなた耳までツンボになったの？
インドラ　どうして急に冷たくなさるんですか……。
グレーテ　そんなことないわ、あなたの気のせいよ。（カーヤに）彼女はインドラ。
カーヤ　（積極的とは言えぬ態度で）カーヤ・ディアマントです……。
マグダレーナ　カーヤさん、あなたお家《うち》はどこ？
カーヤ　ありません……もうないんです。
マグダレーナ　あら可哀想に。（と言いながらグレーテを見てから）だったらウチにいらっしゃいな。
カーヤ　はい？
マグダレーナ　お部屋は嫌んなるほど余ってるの。グレーテも一緒よ。
グレーテ　（友好的に）来なさいよ。
カーヤ　ですけど……。
インドラ　（マグダレーナに）あたしも一緒ですよ……。

マグダレーナ　そうね、インドラも一緒だったの。
インドラ　なんであたしは過去形なんですか⁉
グレーテ　（カーヤに）会いたい男の人がいるのね。あなたさっきそう言ってた。
カーヤ　はい。ところが戦死者名簿が見つからないみたいで……
マグダレーナ　戦死者名簿？　どういうこと？
インドラ　なんで過去形なんですか……。
カーヤ　戦死したと言われたんですけど、信じられないんです。
マグダレーナ　そんなこと主人に頼めばすぐに調べてくれるわ。
カーヤ　本当ですか⁉
グレーテ　本当よ。師団長の奥様ですもの。
カーヤ　（嬉しく）……。
司令官　（カーヤに）よかったな……。
カーヤ　はい！
司令官　あんたまだ自分の幸運に気づいてないようだが、誰もが羨《うらや》むようなピッカピカの星があんたの頭の上に輝いてんだよ。
カーヤ　はい！
マグダレーナ　さ、帰りましょ。（司令官に）車をつけてちょうだい。カーヤを先に乗せて。
司令官　ただいま。（カーヤに）来い。
マグダレーナ　来いとはなんですか。

司令官　失礼いたしました……。
カーヤ　いいえ！
司令官　（カーヤに）どうぞ。こちらでございます。
カーヤ　はい！

カーヤ、司令官に連れられて去る。

マグダレーナ　インドラ。
インドラ　はい。
マグダレーナ　もうわかってるでしょうけどあなたはもういいわ。
インドラ　……いいってなんですか……⁉
マグダレーナ　ウチにはもうあなたのお部屋はないの。
インドラ　そんな……！
マグダレーナ　（グレーテに）杖をとっちゃって。
グレーテ　はい。（インドラに）ごめんなさい、気のせいじゃなかったわね。

グレーテ、インドラの手から杖をむしり取る。

インドラ　あ……！

マグダレーナ　さ、行きましょう。

グレーテ　ええ奥様。

マグダレーナとグレーテ、去って行く中――。

インドラ　（這いつくばって）待って！　あたしのお洋服は⁉　猫ちゃんは⁉　ビロードの長椅子は⁉　あの女を座らせたりしたら嫌です！　奥様！　マグダレーナ奥様！

8

キーアリングにあるドクター・ホフマンのサナトリウムの待合室。深夜。
神妙な面持ちの男1と眠たそうな男2がベンチに座っている。ベンチの傍らに例の鞄。
男1の手には見舞い用の花束。

男1　（小声で）おい寝るなよ……。
男2　寝てねえよ……まだかよ、いつまで待たせんだよ……。
男1　仕方がないじゃないか、押しかけてきたのは俺達なんだから。
男2　なんか嫌ぁな夢みてた。
男1　ああ。
男2　なんの理由もなく逮捕されるんだよ。
男1　（思わず声が大きくなり）寝てたんじゃないか！

ランタンを手にした看護婦が足早に来る。

看護婦　今大声を出したのはどちらの方ですか。

男2　（すぐさま男1を指さして）こいつです。
看護婦　そうです。（しかし男1ではなく男2を咎めるように）あなたが寝てたのに寝てないなんて嘘をついたからですよ。
男2　聞いてたんですか。
看護婦　もう深夜なんですからね。嘘はつかないようにしてください。この方嘘だとわかるとたんに大声を出すんですから。
男2　（釈然としないが）すみません……。
男1　すみません。
看護婦　御面会の方ですか？
男1　はい。すみませんこんな夜中に。
看護婦　4号室のフランツ・カフカさんにですね。
男1　（やや面喰らって）そうです。
看護婦　どなたかにお声掛けされました？
男1　はい。実は
看護婦　三十分程前に別の看護婦が呼びに行ったっきり戻らないんですね。
男2　（思わず）知ってるのに何故聞くんですか？
男1　（制して）いいじゃないか。
看護婦　御面会も長くはできませんよ。詳しい病名などは申し上げられませんが重篤な御病気なんです。

男１　わかってます。
看護婦　カフカさんが結核なのは御存知ですか？
男２　知ってますよ。あと半年ちょいで亡くなるんです。
看護婦　……そうとは限りません。
男２　そうとは限らないけどそうなんです。
看護婦　（不意に男１に）今あなた、そこの時計を御覧になりませんでした？
男１　え、ええ見ました。
看護婦　何故です？
男１　何故って、まだかなぁと思いまして。
看護婦　以降は御覧にならないでください。
男１　わかりました……。

短い間。

看護婦　何故かわかりますか？
男１　いえ……
看護婦　止まっているからです。
男１　ああ、止まってるんですかあれは。
看護婦　あなた御覧になって止まっているのがおわかりになりませんでした？

男1　いえ、わかりました……ですから、止まってるなって思いました。
看護婦　時間をお知りになりたい時は、あなた方のお持ちになっているあなた方の時計を御覧ください。それがあなた方の時間です。
男1　わかりました……。（看護婦が行ってしまうので）あ、あの……

行ってしまった。

男1　……。

柱時計が鳴る。

男1・2　!?
男2　動いてるじゃないか……。

ガウンを纏《まと》った血色が良いとは言えない男（カフカ）が先ほどとは別の看護婦（ランタンを持っている）につきそわれて来る。

男1　（気づき、さすがに緊張した様子で身をこわばらせ）こんばんは……ブロッホです。
カフカ　こんばんは……わざわざ写真を届けに来てくださったそうで……。

男１　はい……すみません療養中のところこんなお時間に。
カフカ　いいんですよ。
別の看護婦　（カフカに）長時間はいけませんよ、お体に触りますから。（とカフカにランタンを渡す）
カフカ　わかってます。
男１　（別の看護婦が去る中、男２を示し）あ、友人です。
男２　こんばんは……カフカさん……。
カフカ　はい。フランツ・カフカと言います……。
男２　存じ上げております。
男１　これ、写真と、つまらない物ですがお花……。

柱時計が鳴る。

※　※　※

同じ場所の数分後。

男１　届いてない……。
カフカ　ええ、こちらには。

男1　そうですか……。
カフカ　似たような鞄なんですか？
男2　ええ、もうそっくりで。
男1　そうですか、届いてない……。
カフカ　大切な物が入っていたんですね。
男2　そうなんです。こいつんちが燃えるか燃えないかの瀬戸際で。
カフカ　（少し面喰らって）燃えるんですか、家が。
男2　ええ、このままだとおそらく燃えます。
男1　わかりました。（男2に）失礼しよう。
男2　え、行くの……⁉
男1　届いてないものは仕方がないだろう。
男2　そうだけどよ……（カフカに）その写真はどいつが、（言い直して）誰があなたに届けるはずだったんですかね？
男1　いいよ。
男2　よくねえだろ。（カフカに）誰の鞄なのか心当たりないですかね。
カフカ　さあ……この写真も一体いつ誰に撮ってもらったのか、まったく憶えがありません……。
男1　そうなんですか……。
カフカ　（少し笑って）まるで遺影のようですね……ほら、こうして花を添えると余計に。

男1　そんなことはないですよ。
男2　うん、そんなことはないです。
カフカ　話が脇道に逸《そ》れてしまった……見当もつきません、これが誰の鞄なのか。お力になれず申し訳ない。
男1　とんでもありません。鞄が消えてしまって、なんだかかえって良かったような気もするんです……。
男2　なんで！
カフカ　（男1に）家が燃えてしまうのにですか……？
男2　（男1に）家が燃えてしまうのにですか⁉
男1　（苦笑して）自分でもよくわからない。さ、お暇《いとま》しよう。（カフカを見据え）お会いできて光栄でした……。

ドーラ（簡素なワンピースにカーディガン）が、やはりランタンを手にやってくる。

ドーラ　（男1、2に微笑んで）こんばんは……。
男1・2　（口々に）こんばんは……。
カフカ　婚約者のドーラです。
ドーラ　ドーラ・ディアマントです。
男1　（心当たりある名前に）ああ……。はい。

カフカ　（優しく）すぐ戻るから来るなと言ったろ。
ドーラ　ごめんなさいお邪魔してしまって……（嬉しそうにカフカに）いいアイデアが浮かんでしまったものだから。
カフカ　え？
ドーラ　あなたがさっき悩んでたところ。あのね、カーヤがガザの家にいるとね、兵士達がやってきて、ラバンが戦死したって伝えるの。どう？
カフカ　（むしろ嬉しそうに、しかし静かに）それをわざわざ言いに来たの？
ドーラ　すぐ言わないと忘れてしまいそうで……
カフカ　メモに書きつけておいてくれればいいじゃないか。
ドーラ　そうなんだけど……
カフカ　（男1、2に）すみません……。
男1　いいえ、小説ですか……？
カフカ　え、ええ。よくわかりましたね。
男1　ええ、小説かなと……
カフカ　出版のあてもないのにコツコツ書いてます……。
ドーラ　（写真を手にして）素敵な写真ね……。
カフカ　戻ったら聞くからそれ持って部屋戻ってて。
ドーラ　うん。あ、お花も。
カフカ　ああ、うん。

ドーラ　綺麗ね……。
カフカ　（ドーラを見つめたまま）……。
ドーラ　じゃ戻ってる。（男1、2に）おやすみなさい。
男2　おやすみなさい。

ドーラ、花束と写真を持って去ろうとする。

男1　そうか、カーヤはドーラさんなんですね……。
ドーラ　え？
男1　カーヤ・ディアマントと、ドーラ・ディアマント……。
カフカ　（表情変わって）どうして知ってるんですか……？
男1　はい？
カフカ　カーヤ・ディアマントを。
男2　（男1をフォローしようと）それはだって、なあ。さっき婚約者さんがそれらしき名前を――カーヤがなんとかって……。
カフカ　ディアマントまでは言ってない。
男2　……。
カフカ　（男1に）僕が今書き進めてる小説の主人公です。カーヤ・ディアマント。
男1　そうです。カーヤ・ディアマントはやってきた兵士二人と戦場へ向かいます。ラバンカフカ・ドーラ　の死が信じられなかったからです。
男1　……。
カフカ　行く道寄った小さな食堂でおばさんからの絶縁状を受け取ります。そしてカーヤは孤独の中、前線に向かう列車に乗るんです。……というのはどうでしょう?
ドーラ　あなた……。
男2　実は俺たちね、九十五年後の未来からやってきたんですよ……。
カフカ　……。
ドーラ　なるほど。もう少しお話を伺ってもいいですか?

柱時計が鳴る。

※　※　※

その頃、というのもおかしいが、二〇一九年の男1の家の玄関先が別のエリアに浮かび上がる。
4場でひったくりとぶつかった男、すなわち鞄の持ち主らしき男（男4とする）と対峙している女2（百歳のユーリエ）。女2は男4から手渡されたばかりの鞄を持っている。

男4　ええ……私はその本を読んでしまったがために百年近くの昔に迷い込んで、ようやく女2　戻ってこれたんです。
男4　(さしたる驚きもなく) ああそうですか。
女2　わかってます? 私とぶつかった時にその鞄と私の鞄が入れ替わってしまったようなのですね。
男4　ああそうですか。
女2　そうなんです。ただその十分ほど前にも私は別の男とぶつかっておりまして、その際にも鞄がすり替わってしまった節がありまして……もっと言うならさらにその五分ほど前にも別の、今度は女とぶつかって、おそらく鞄はすり替わってしまったのです……ですから私の鞄は、もはや誰が持っているのかわかりません……。
男4　そうですか。(と言いながら鞄を渡そうとするので)
女2　いやいや、ですからこの鞄はそちらの鞄なんです。
男4　そうです。
女2　……。

女1が来る。

女1　どうしたんですかお婆ちゃま。どちら様?
女2　美容師さん。
男4　違いますよ。なんですか美容師さんて。

女1　この鞄……。
女2　お婆ちゃまが出したんです魔法で。
男4　（女1に）もう一度頭から説明する気力は到底ありません。その鞄、確かにお渡ししましたからね。失礼。
女1　はあ。

男4、去った。

女1　鞄だけ帰ってきた……どこほっつき歩いてるのかしらね二日も。
女2　二日。セミは七日で死にますよ。
女1　ええセミはそうですけど。お兄ちゃんセミじゃないから。
女2　（驚いたのか）まあ。
女1　まあって……（と言いながら鞄を開けて）ノートが入ってる。
女2　ノート。
女1　カフカさんが書いた原稿のノートですよ。昔お婆ちゃまがカフカさんのアパートから盗んできた……。
女2　カフカカさん？
女1　カフカさんですよ。フランツ・カフカさん。
女2　誰？

女1　忘れちゃったんですか……？　お婆ちゃまが四歳の時に……あ、ほらこの本の中にお婆ちゃまのことも……（と鞄から出した『すぐわかるカフカ入門』を開いてページを探し）

一六二ページ一六二ページ。（と見るが）……え⁉　なんで⁉　え⁉

女2　（ノートを開いていて）綺麗ね……。

女1　はい……⁉

女2　真っ白……。

女1　（覗き込んで）⁉　どういうこと……⁉（女2に）お婆ちゃま消しちゃいましたか魔法で。

柱時計が鳴る。

※　　※　　※

再び療養所。同じ四人。

男1の話に聞き入っているカフカ。むしろカフカの方を気にしている様子のドーラ。

男1　こうして処刑場をあとにしたカーヤは、師団長の妻マグダレーナの屋敷で暮らし始めます。何不自由ない日々の生活。しかしラバンに関する情報は一向に得られません。なぜならマグダレーナはハナから戦死者名簿なんか探す気がなかったからです。そしてある嵐の夜に……。（黙る）

カフカ　嵐の夜に?
男1　「そしてある嵐の夜に」ここであなたの原稿は終わっています。
男2　(カフカに)すごい終わり方ですね。
カフカ　とても面白かった……あなた小説家になるといいですよ。
男1　あなたが書いた小説ですよ。
男2　(男1にやや小声で)信じてないんだよ。
カフカ　信じてますよ。そうですか。僕は今回も最後まで書けないんですか……。
男1　残念ながら。『城』や『失踪者』と同じように。
カフカ　……なんですかそれは。
男1　そうか。題名は出版される時勝手につけられたんですものね……。城から呼ばれてやってきた測量士の話と、カール・ロスマンという十七歳の少年の——
カフカ　ええ、わかります。どうして知ってるんですか。僕がその小説を書いたって。
男2　ですから、出版されるんですよ。
カフカ　未完成のままですか。
男1　そうです。そんなことは誰も問題にしません。
男2　あんた九十五年後には俺でもよく知ってるような大作家になってるんですよ。よくではありませんけど。
ドーラ　本当だったらすごいね……。
カフカ　そいつは勘弁願いたいな……。

男２　どうしてですか。
カフカ　いつ出版されるんですかその本は。その時僕はどうしてます？
男１　え……。
カフカ　もうこの世にはいないんですよね？
ドーラ　フランツ。
男１　……いますよ……。（男２に）なぁ。
男２　います……。
男１　それはさすがに、我々の時代には、あれですけど……。
カフカ　……。
ドーラ　……フランツそろそろ部屋に戻らないと……。
カフカ　うん……。（男１、２に）退院したらパレスチナへ行って、ドーラとレストランを開こうと思ってるんです……。
男１　そうですか……そりゃいい。
カフカ　僕は給仕をやってドーラが料理を作る。彼女、とても料理がうまいんです。
男１　ええ……すみません、どうしてあんな話をしてしまったのか……。
カフカ　何を謝るんです……参考にさせてもらいますよ……お会い出来てよかった。

別の看護婦が戻ってくる。

別の看護婦　（驚いて男1、2に）まだいらしたんですか……!?
男1　帰ります。今帰るところです。
カフカ　では、ごきげんよう。
男1　ごきげんよう。
男2　（釈然としない様子で）どうも……。
ドーラ　おやすみなさい。
男2　おやすみなさい。
男1　あの……
カフカ　なんですか。
男1　毎朝お二人でシュティグリッツ公園を散歩されてますよね。
カフカ　はい……。
男1　もし公園で近々、泣いている四歳ぐらいの女の子に出会ったら、声をかけてやってくれませんか……。
別の看護婦　なに薄気味の悪いことを言ってるんですか……！
カフカ　わかりました。
男1　お願いします。
男2　必ずですよ！
カフカ　ええ必ず。
男2　約束ですよ！

カフカ　はい。
男2　もし約束破ったら
男1　(遮って) しつこいよおまえは。おやすみなさい。
カフカ・ドーラ　おやすみなさい。

男1、2、去った。

別の看護婦　……どういう方達なんですかあのお二人……?
カフカ　九十五年後から来たそうです。
別の看護婦　ああ。さ、部屋に戻ってください。(ドーラに) つきそいのあなたも。
ドーラ　(カフカに) 気味が悪いわ……なぜあの人達あんなこと知ってるの……?
カフカ　え……?
ドーラ　小説のことも散歩のことも……。
別の看護婦　はい?
カフカ　九十五年後から来たからだろ。
ドーラ　信じてるの?　そんなバカなこと。
カフカ　信じちゃいないけど、面白いじゃないか。九十五年後の未来からやってきた二人組の死神っていうのも……。
ドーラ　え?

カフカ　（別の看護婦に）おやすみなさい……。

カフカとドーラが去るのと、男1、2が別の場所から姿を現すのがほぼ同時。

男1　あれ!?

男2　さっそく迷いましたか！

別の看護婦　何をしてるんですあなたたちは……！

ステージングと演奏。

9

嵐が吹き荒れる夜。そこはマグダレーナの屋敷になっている。雷鳴。豪雨。暴風。

しかしおそらく部屋の中は暖炉の火で暖かい。下着姿でベッドに横たわっているカーヤ。

眠っているのだろうか。

やがて部屋のドアがそっと開き、寝巻き姿のマグダレーナが入ってくる。

マグダレーナ　カーヤ……眠った?

カーヤ、雷の音に寝苦しそうに寝返りをうつ。

マグダレーナ、カーヤに近づき、そっと手をとる。

マグダレーナ　(撫でながら) あなたの腕って本当に可愛いわ……こんなに細くてなめらかで……あたしの力でもポキっと折れそうよ……(カーヤの手に頬ずりをしながら恍惚《こうこつ》として) ああ……なんて気持ちいいのかしら……! (雷鳴) あなたあたしの知ってる女の子の中で一番可愛いわ…… (と手を肩の方へ滑らせ、下着の片ひもをずらして) この小さな肩……さあ、カーヤちゃんのお胸を見せてちょうだい……。

カーヤ、突然目を覚ますと、一瞬の間のあと、大きな悲鳴をあげてマグダレーナの手を払いのける。

カーヤ　（悲鳴）

マグダレーナ　（打って変わってひどくとり乱し、大声で）グレーテ！　グレーテはどこなの！　グレーテ！　この子起きちゃったじゃないの！

グレーテ（まだ寝巻は着ていない）がやってくる。

グレーテ　（落ち着いて）どうなさいました奥様。

マグダレーナ　途中で起きちゃったのよホラ！　薬が足りなかったんじゃないの⁉（とグレーテにすがりつくようにして）あたし騒がれるのが嫌だってあなた知ってるでしょ⁉　こわいのよ！

グレーテ　落ち着いて奥様。まだ充分に薬は効いてるはずですから動き回ったりなんてできやしませんよ。

マグダレーナ　嫌なの！　お人形さんのようにじぃっとしててくれなくっちゃあたし嫌なのよ！

グレーテ　わかりましたわ奥様、もっと強いお薬を飲ませましょう。奥様にも気つけ用のリキュールを。（カーヤにあっけからんと）びっくりさせちゃってごめんなさい。

マグダレーナ　早くしてよ（見ればカーヤがよろよろとベッドを降りているので）ホラ降りてきちゃったわよ！

グレーテ　（笑って）平気ですよ。すぐ戻ります。

マグダレーナ　早くよ。

グレーテ　わかってます。

グレーテ、部屋を出ていく。

カーヤ　（よろめいて床に倒れる）

マグダレーナ　（そのことに安心したのか、少し落ち着いて）大丈夫？　動けない人間は動かない方がいいわ、動けないいんだから。

カーヤ　……。

マグダレーナ　（カーヤに）明日はデパートメント・ストアへ行ってきれいな声で鳴く小鳥を買ってあげましょう。鳥かごにはルビーとエメラルドを散りばめるの。きっと素敵よ。

カーヤ　（マグダレーナを睨《にら》み）……。

マグダレーナ　（自分のやっていることにまったく自覚がないかのように）どうしたの？　さっき寝る時は笑って「おやすみなさい」って言ってくれたじゃないの。そんなお顔せずに笑ってちょうだい。

グレーテの声　（ドアの外で）奥様、すみません開けてもらえます？

マグダレーナ　ほら来たわ。おとなしく飲んでちょうだいね。

マグダレーナはそう言いながらドアを開けてやる。

眠り薬が入っているだろうお茶と気つけ用の酒を載せたトレイを持ってグレーテが入ってくる。

グレーテ　黒すぐりのリキュールです。

マグダレーナ　（トレイの上から取り上げるとゴクゴク飲む）

雷鳴。

グレーテ　（カーヤを見据え）あなた往生際が悪いわ今さら。何日経ったのこの家に来て。

カーヤ　あたし毎晩あんなことされてたんですか……。

マグダレーナ　毎晩だなんて。週に四、五日よ。あんなことなんて言い方しないでちょうだい。

突如カーヤがマグダレーナに向かっていこうとする。

マグダレーナ　（悲鳴）

カーヤ　（足がもつれてすぐ倒れる）

マグダレーナ　（再びとり乱し）早く飲ませなさい！
カーヤ　（小さく嘆いて）足も手も動かない……！
グレーテ　（当然だとばかりに）そりゃそうよ、あなたそうなるお薬飲んじゃってるんだもの。
マグダレーナ　飲ませなさい早く！
グレーテ　（少し笑って）わかってますよせっかちねぇ。はい、この毒消しのお茶飲めば痺《しび》れがとれるわ。
マグダレーナ・カーヤ　⁉
グレーテ　グレーテ、あなた今なんて言ったの……？
マグダレーナ　（マグダレーナに）奥様、もういいかげん解放してあげましょうよ。彼女恋人を探してるんですよ。（カーヤに）さ、ほら、飲むのよ。
マグダレーナ　よしなさい！

マグダレーナ、思うように体が動かず、よろめいてへたり込む。雷鳴。

グレーテ　（カーヤに）ね、今度はあっちの番。
マグダレーナ　どういうつもり⁉
グレーテ　ですからちょっとばかり可哀想になっちゃったんですよ彼女が。奥様ラバンさんのこと探す気ないでしょ？
マグダレーナ　そんなことありませんよ！　来週には主人が名簿を持って一旦戦地から戻ってくる

グレーテ　（んですから）
マグダレーナ　（遮ってカーヤに）嘘よ。兵舎に電話してるのだってあれ全部フリなんだから。
グレーテ　フリなんかじゃありません！
カーヤ　（カーヤに）言わせておきましょ。ほら飲むの。
　……。
グレーテ　何、疑ってるのあたしを？　だとしてもこういう時、女はイチかバチかで飲むのよ。
カーヤ　（決心したかのようにカップを取るとあっという間に飲み干す）
グレーテ　（その様子を笑う）
マグダレーナ　可笑しくない……！　グレーテあなた、あれほど可愛がってやったのに……あたしに
　……どれだけの恩があるのか……あなた……あたしは……（グッタリした）

雷鳴。

グレーテ　面倒臭いからやっつけちゃった。
カーヤ　やっつけたって、殺しちゃったんですか……!?
グレーテ　殺してないわよ。
カーヤ　殺しちゃえばいいのに……！
グレーテ　（笑って）あなたって本当に面白い人ね。
カーヤ　殺しちゃいましょう。（とマグダレーナの所まで行こうとする）

グレーテ　（のを制して）ダメよ殺しちゃうのは、あたしの部屋行きましょ。出ていく準備もして。
　　　　　ラバンのことで見せたい物があるの。
カーヤ　!?　なんですか？
グレーテ　部屋で話す。
カーヤ　……。（体が普通に動くことを感じた）
グレーテ　お洋服着なさいよ。それともあたしが脱ぐ？
カーヤ　え……!?
グレーテ　冗談よ。
カーヤ　……。

カーヤ、ドレスハンガーから無造作に一着を取り、そそくさと服を着始める。

グレーテ　服、適当に見繕って好きなだけ持ってくといいわ。
カーヤ　（着ながら）この服だけでいい。
グレーテ　持って行きなさいよ。売れば結構なお金になるわよ。
カーヤ　いいんです。こんな服……。
グレーテ　（背中のファスナーを上げてやりながら）こんな人に買ってもらった服ってこと？
　　　　　……フフフ……あたしなんかさっき奥様の宝石も金貨も、全部鞄に詰め込んじゃった。
カーヤ　（驚いて）これ全部計画してたんですか!?

グレーテ　あなたのことは予定外よもちろん。
カーヤ　いつから計画してたんですか……⁉
グレーテ　いつからって——
カーヤ　奥様と仲良しだったんじゃないんですか⁉
グレーテ　仲良しだったわね。
カーヤ　じゃあなぜ殺そうとしたんですか⁉
グレーテ　殺そうとしたのはあなたでしょ。（と笑って）急に興味持たれちゃった。
カーヤ　……。
グレーテ　気分よ。飽きちゃったの。
カーヤ　気分……？
グレーテ　そう。信じない？　いいわ別に信じなくても。
カーヤ　んんん……。
グレーテ　どうしたのよ。
カーヤ　……何故なんでしょうね。
グレーテ　何が？
カーヤ　信じなくていいって言われると信じてしまいません？
グレーテ　そんなことないわよ。信じられないものは信じられない。
カーヤ　あたしは信じちゃいそうになります。
グレーテ　駄目よそんなじゃ。行きましょ。

カーヤ　……はい。

部屋を出ていこうとする二人。

グレーテ　(眠っているマグダレーナを見て) よく眠ってる……(カーヤに) あたしのママね……師団長さんのお妾だったのよ……。

カーヤ　え……。

グレーテ　そのことがバレてあたしの家族、この人に皆殺されちゃったの。

カーヤ　ええ……⁉

グレーテ　ママもお兄ちゃんも弟も。どういうわけかあたしだけ生かされちゃったのよ。(マグダレーナに) 奥様、ごきげんよう。

カーヤ　……。

ひときわ大きな雷鳴。

二人、ドアを開けて部屋を出ていく。

※　※　※

迷路のような廊下に、幾人もの人々が浮かび上がる。どの人も哀しげな表情をして、うつろに歩いている。
ランタンを手にしたグレーテと自分の荷物を持ったカーヤが来る。雨の音。

カーヤ　（少し歩いてから）何度歩いても迷子になっちゃうわこの廊下。
グレーテ　あたしもよ。
カーヤ　グレーテさんもですか？　もう何年もいるのに？
グレーテ　毎晩形を変えてるような気がするの……。
カーヤ　え……。（人々のことを）この人達は誰なんですかね……。
グレーテ　幽霊よ、奥様と師団長に殺された人や、恨みを持って死んだ人達の。
カーヤ　こんなに沢山……。
グレーテ　あたしのお兄ちゃんや弟もよくここにいるのよ。
カーヤ　……。

その中にはインドラの姿もあった。

グレーテ　あら、インドラ……。
インドラ　……。
グレーテ　あなたも死んだの……奥様のために両目まで潰したのに。
カーヤ　自分で潰したのですか……!?

グレーテ　バカよね。奥様をひとりじめしたくて自分で自分の自由を奪ったの。さようならインドラ。
インドラ　……。（低い声で泣く）
カーヤ　ごきげんよう……。

カーヤとグレーテ、去っていく。
雨の音の中、幽霊達、消えていく。

※　※　※

グレーテの部屋。
カーヤとグレーテ、入ってくる。

カーヤ　なんですか見せたいものって。
グレーテ　写真。
カーヤ　誰のですか？
グレーテ　そう急かさないでよ。その前にあたしね、あなたの鞄の中、しょっちゅう覗かせてもらってるの。
カーヤ　あたしの⁉

グレーテ　ええ。何も盗ったりしてないわよ。
カーヤ　どうしてそういうことするんですかね⁉
グレーテ　だって他人の鞄の中って気になるじゃない。
カーヤ　なりません！
グレーテ　あたしはなっちゃうのよ。あなたとあたしは違う人だもの。（とどこかから写真を出し）ほら。（と見せる）
カーヤ　（写真を見るなり顔色が変わり）……どこですかこれ……。
グレーテ　サナトリウム、キーアリングの。あたしが在籍してる療養所よ。随分やつれてるけど同じ人じゃない？　あなたの鞄の中の写真の人とそっくり。
カーヤ　いつ撮ったんですかこの写真……！
グレーテ　あたしが最後に顔出した時だから、ひと月ほど前かしら……あれ？（とわからなくなり）ともかくあなたに会うずっと前よ。
カーヤ　名前は⁉　なんて言ってました⁉
グレーテ　名前……？
カーヤ　看護婦さんなんですよね。だったら名前ぐらいちゃんと覚えましょうよ。
グレーテ　そうね。ごめんなさいね。
カーヤ　（ハタと自省し）いえ。ごめんなさい……。
グレーテ　憔悴《しょうすい》しきってて名前も言えないくらいだったの……。
カーヤ　え……。

グレーテ　行ってみる？　このサナトリウム。
カーヤ　はい。ありがとうございます。
グレーテ　あら、感謝されてるわ、毎晩薬盛ってた相手に。
カーヤ　（反応する余裕もなく）……。

短い沈黙。

グレーテ　ねぇ……
カーヤ　なんですか。
グレーテ　火つけちゃいましょうか……。
カーヤ　火？
グレーテ　この屋敷が燃えるのよ。燃えて何もかも灰になるの。どう？
カーヤ　さっき殺さないって言ってたじゃないですか奥様のこと。
グレーテ　殺さないわ、火をつけるだけよ。（とランタンを掲げる）
カーヤ　死にますよ燃えちゃったら。
グレーテ　……どうする？
カーヤ　つけましょう。

※　※　※

炎に包まれる屋敷を背に歩くカーヤとグレーテ。マグダレーナの、断末魔の悲鳴が聞こえてくる。
炎の中で先ほどの幽霊達が笑っているようにも見えた――。

いつの間にかそこはユダヤ教会らしき大聖堂の内部になっている。
日が昇り始める時刻。
何人かの人が礼拝したり祈禱書を読んだりしている。

礼拝者の声　（囁《ささや》くようなか細い声で）主よ。私たちの苦しみを御覧ください……苦しみと闘っている私たちを支え、速やかに私たちを救い出してください……。
グレーテ　双児か……今あなたの話を聞いて、トマッソのことを思い出したわ。
カーヤ　誰ですかトマッソって。
グレーテ　随分前にサナトリウムにお父さんのお見舞いに来た少年。あたしが病室に案内したの。
カーヤ　はあ……。
グレーテ　でもトマッソのお父さんはすぐに死んじゃったの。病死よ。それでトマッソは家に帰ったんだけど、そこにお父さんがいたの。
カーヤ　え、え、どういうことですか？
グレーテ　つまりね、あたしがトマッソを間違った病室に案内しちゃったの。本当のお父さんは

カーヤ　そんなことも知らずに退院しちゃってたのよ。
グレーテ　なにやってるんですかグレーテさん……。
カーヤ　あたしのことはいいのよ。話はそれだけじゃないの。それ以降トマッソは、その本当のお父さんをお父さんとは思えなくなってしまったの……。
……。

教会の鐘が鳴る中――。

グレーテ　（小さくあくびして）眠たくなってきちゃった……。
カーヤ　どうして教会になんか立ち寄ったのですか……？
グレーテ　どうしてって、決まっているじゃない。悪い事やっちゃったあとには教会に来るものよ、ちょっと祈れば全部赦《ゆる》してもらえるんだから。
カーヤ　……。
グレーテ　ね。
カーヤ　……グレーテさんて強いですよね。
グレーテ　え？
カーヤ　ちょっと憧れます。
グレーテ　そう？
カーヤ　ええ。絶対そんな風にはなりたくありませんけど。

グレーテ　それちっとも憧れてないわよ。
カーヤ　そうですかね……。

グレーテ、その様子を笑い祭壇へと向かい、カーヤもそれに続く。
カーヤとグレーテの近くに、長い髭を生やし、すっかり老人になって疲れた様子の男1が見える。

男1　(二人を目で追って)……。

グレーテ、ちょっと祈って、すぐ戻っていく。

カーヤ　(ので)もう終わりですか……!?
グレーテ　お祈りは長さじゃないもの、気持ち。
カーヤ　それはそうかもしれませんけど……。
グレーテ　行きましょ。
男1　(その背に)カーヤさんですよね……。
カーヤ　はい……。
男1　カーヤ・ディアマントさん……。
カーヤ　はい……?

グレーテ　（訝し気に）知り合い？
カーヤ　いいえ。
グレーテ　じゃ行きましょ。
男1　待ってください……私はよぉく知ってます……ようやくお会いできた……。

礼拝者の一人が男1に向かって小石をぶつける。

男1　（体をそむけて）……。（話を続け）戦地はもちろん、あなたの村にも行ったしガザさんの家も訪ねました……あの陰気な食堂にも。（さらに二人の礼拝者に小石をぶつけられる）
カーヤ　どちら様ですか……⁉
男1　（グレーテに）あなたは処刑場にいらした方ですよね……。
グレーテ　あなたあたし達のあとをつけ回してるんですか……⁉
男1　つけ回してる……ええ。ある意味つけ回したのかもしれません……ただ私は、ある嵐の夜……それからあとは何があったのか何も知らないんです。ノートがそこで終わってましたからね……。
カーヤ　何をおっしゃってるのかサッパリわかりません。
男1　でしょうね……私も随分頭の方がボンヤリしてきちまった……おまけに胸の方もやられてしまって……結核ですよ。あの方と同じ病気です。

カーヤ　あの方？　どの方？

男1　サナトリウムに行かれるんでしょ。一緒に連れてってもらえませんか……あの方もいるはずだ、生きていれば……。

グレーテ　誰よあの方って！

男1　カフカ……。フランツ・カフカ。キーアリングのドクター・ホフマンズ・サナトリウムで私達は会ったんです……ええたしかに会った……ハッキリ憶えています……写真を届けて……恋人のドーラさんも一緒だった……その後、私は友人と一緒に婆ちゃんの家に人形を盗みに行ったんだ……。

この台詞の中、演奏にのせて転換。カーヤとグレーテは見えなくなっている。

10

男1の回想シーン。

家の中、ユーリエの部屋の前の廊下である。

男1はドアの前の、小さなランプが置かれた台の上で何かを書きつけており、男2はドアを開けて中をそっと覗く。（男1の見た目は老人のままだが、誰もその点には気を留めない。彼らの目に見えている男1はまだ老人ではないからである。）

男2　（以下小声で）間違いねえよ……この部屋だ。
男1　（同じく以下小声で）やっぱり戻ろう。
男2　家ん中入ってきちゃってから言うなよ！　何言ってんだ今さら！
男1　そうだけど……。
男2　カフカさんは公園で泣いている女の子がいたら声をかけるって約束してくれたんだから。泣いてる女の子を用意しなきゃ話にならないだろう！　書けました？
男1　ああ。
男2　どれ……。（読みあげて）「ユーリエちゃんへ。シュティグリッツ公園をお散歩してきますね。ヨゼフィーネ」もうちょっと人形らしい字で書けねえのかよ。

男1　なんだよ人形らしい字って。いいんだよこれで、ノートにあった字をなるべくマネて書いたんだから。
男2　どうしてあの人の字をマネるんだよ。
男1　婆ちゃんにとってあの人の書いた文字が今後、人形が書いた文字ってことになるからだろ！
男2　（つい大声で）ややこしいんだよ！
男1　しっ！
男2　入るぞ。

男2、ドアを開け、二人、中へ入る。
仄暗《ほの》い部屋のベッドに少女（ユーリエ）が人形を抱いて眠っている。

男1・2　……。
男2　よく寝てるよ……取れよ人形。
男1　おまえ取ってくれよ。
男2　ったく……なんにもできねえんだなおまえさんは……。

男2、少女の腕から人形を取ろうとするが、思ったより少女に力強く抱きしめられていて、すぐには取れない。

人形の声　痛いわ、痛い……！
男2・1　（ギクリとして）⁉
男1　聞こえたか今の……。
男2　んん聞こえなかった。（と力づくで人形を取り上げて）行こう。
男1　（も行こうとして手紙を置き忘れていたことに気づき）あ置き手紙。

男1、戻って少女の傍らのどこかへ手紙を置く。

人形の声　嫌よ……ユーリエ助けて……ユーリエ……！
男2　（人形に）しっ！
人形の声　ユーリエ……！
男2　（人形に、小声で）俺達の身にもなってくれよ少しは！　この前公園のゴミ箱から助けてやったろ⁉　わかってる？　あれ俺だよ⁉
人形の声　ユーリエ……！

少女が突然ガバッと半身を起こす。

男1・2　！

少女　（事態がわかり、しかしベッドからは動かず、目を見開いて）ヨゼフィーネちゃん！
男2　（とたんに）返します返します。（と返しにベッドへ）
少女　ヨゼフィーネちゃん！
男2　作戦失敗。
男1　行こう。

男1、2、一度部屋から出るが、すぐに両手を頭上で組んだ状態で後ずさりして戻ってくる。二人の先にはライフルを構えた男3。すぐ後ろに女3。

男3　何かされたのかユーリエ。
少女　（コクリと頷いて）された。
男1・2　（口々に）してないだろ何も！（とか）してませんよ何も！（とか）（男2だけ「婆ちゃん」という言葉が余るのが望ましい）
男3　（ライフルの撃鉄を引いて）死にたくないなら黙れ。
男1・2　……。
男3　（少女に）両方にされたのか。
少女　……（と少し考えて、男2を指し）こっち。
男2　おい……。
男3　こっちだけか。

少女　こっち。だけ。（と男1に笑顔）
男1　（男3に）お話を聞いていただけませんか……どうかお願いします……。
男3　聞こう……。（女3に）保安官に電話しなさい。
女3　はい。ユーリエいらっしゃい。
男2　（もはや力なく）違うんですよ奥さん……フリーダちゃん……！
男1　……。
女3　（男2に）残念です……。

女3、少女を連れて部屋を出ていった。

男3　（椅子に座っていて）最近の警察は早い。言いたいことがあるのならサッサと話せ。
男1　（努めて冷静に）娘さんには何もしてない。私たちは、人形を盗みに来たんです。なかなか信じてもらえないとは思いますが、大事なことだけをお話しします……。ユーリエちゃんは私の、お婆ちゃんです……ですから、あなたは私のひいお爺ちゃんにあたるわけです。彼女は……お婆ちゃんは本来なら、これからある小説家に何通もの手紙をもらうはずなんです……彼女はその手紙を人形からの手紙だと信じます……ところがその小説家は病気で亡くなってしまう……突然人形からの手紙が途絶え、心配した婆ちゃんは手紙にあった住所を訪ねます……ベルリンにある、死んだ小説家のアパートです……。彼の住んでいた部屋から、婆ちゃんはあるノートを盗み出すんです……。

男3　婆ちゃんは

男1　（静かに）婆ちゃんって言うな……！

男1　ですが――

男3　（銃口を男1に向けて）これ以上くだらん話は聞きたくない。ウチの娘をコソ泥だと抜かすのか貴様は！

男1　盗む理由はちゃんとあるんです。小説家のノートに書かれていた文字が人形からの手紙の文字と同じだったからだよ！

男2　男2、やにわにライフルの銃砲に摑みかかる。

男1　（驚いて）よせ！

男3　離さんか！

男2　もう帰りたいんだよ俺は！

男3　離せ！

男2　（男1に）なあ頼む、妹さんを俺にください！

男1　何を言ってるんだこんな時に！　こんなことやめろ、長生きするんだろおまえは！

男2　するさ！　するよもちろん！　するに決まってんだろ！

男2、男3に突き飛ばされる。

男2　よし！　帰ったらフリーダちゃんにプロポーズするぞ！　兄貴の了解は（とったんだから）

男3、男2が言い終える前に発砲。
男2、死んだ。

男1　！

男3、突如とり乱すと悲鳴をあげながらライフルを置いて、逃げるように部屋を飛び出していく。

男1　……。

男1、走り去った。

11

サナトリウムの一画。午前。

無造作に置かれた棺桶《かんおけ》。

別の看護婦と院長のフーゴ・ホフマンに連れられてそこにやってきたカーヤとグレーテ（グレーテはすでに看護婦の格好）。

グレーテ　いつなの……？
別の看護婦　ゆうべです。時計が止まっているので何時だったかはわかりませんけど。見回りに行った時呼吸がおかしいことに気づいて。
ホフマン　強心剤を打ったんだけどね、モルヒネを懇願されたよ……。
グレーテ　苦しんだのね、可哀想に……。
ホフマン　早く殺せと言われたよ最期には……「さもないとホフマン先生は殺人者だ」と……。
カーヤ　……。
グレーテ　（別の看護婦に）お顔を見せてあげて。
別の看護婦　はい。

カーヤ、別の看護婦が開けてやった棺桶の小窓を覗いて顔を確認する。

カーヤ　（小さく）ラバン……。

カーヤ、泣く。

ややあって——ガザが母のマルベリを伴ってくる。

ガザ　あ……。

カーヤ　ガザ……（と言うがその場で泣いたまま）

ガザ　来れたんだ……母さんカーヤ。

マルベリ　（3場とは打って変わってやさしく微笑んで）こんにちは……。

グレーテ　（ガザに）弟さんね、双児の……。

ガザ　はい……ガザです……。

グレーテ　グレーテです。カーヤさんとは仲良しなの。

ガザ　どうも……。

グレーテ　慰《なぐさ》めてあげて。

ガザ　はい……。

マルベリ　（カーヤに）元気そうでよかったわ……この子（ガザ）からあなたが突然出ていっちゃったって聞いて心配したのよ……。

カーヤ　（小さく）すみません……。
マルベリ　いいのよ……今までラバンみたいな乱暴な子と仲良くしてくれて、本当にありがとう……。
カーヤ　（マルベリの変貌ぶりに）……。
マルベリ　（ガザに）じゃ母さん葬儀の相談してくるわね……。
ガザ　うん……。
マルベリ　なるべくお金がかからないようにするから……。
ガザ　（やさしく）うん、そうだね……。
マルベリ　ええ、（棺桶に向かって）カーヤさんに会えたんだもの、それで充分よね……。
別の看護婦　御案内しましょう。
マルベリ　御親切にありがとう。

マルベリ、別の看護婦に伴われて去る。

ガザ　（カーヤに）大丈夫？　座らない……？
カーヤ　え……？
ガザ　（ベンチの前へ移動し、立ったまま）座りなよ。
カーヤ　（小さく首を振り）ううん……。
ガザ　（立ったまま）そう……。

カーヤ　（大きく息を吐き脱力してゆく）
グレーテ　顔色が悪いわよ。座った方がいいわ。
グレーテ、カーヤをベンチに座らせる。ガザも隣に座った。
まるで二人はあの夜のカフカとドーラのようだ。
ガザ　（もう一度）大丈夫……？
カーヤ　（じっと見つめ）あなた、あたしの知ってるガザじゃない……。
ガザ　え……。
ホフマン　（誰に言うでもなく）自己紹介をしそびれたな……。
グレーテ　カーヤ、フーゴ・ホフマン先生よ……院長先生。
ホフマン　院長といっても医師は私一人、看護婦は三人、他に手伝いの若者が一人と料理をしてくれる女性が一人の小さなサナトリウムです。誤解する人も多いのですが、サナトリウムというのは決して病院ではありません。「健康」を意味するラテン語のｓａｎｉｔａｓからきてる。これを「治る」という意味の動詞、ｓａｎｏに置き変えて——
（言葉を切る）
男１が来たのだ。前場、前々場同様、年をとって髭を生やしている。

ホフマン　ブロッホさん、寝てなきゃよくならんよ。
ガザ　またあの男だ。
カーヤ　え？
男1　（ガザを見て満面の笑顔で）……いらした……よくなったんですね……すっかり若返ってお元気そうだ……。
ガザ　（男1に）違うんですよ僕は。何度言ったらわかるんです。
グレーテ　ブロッホさん、その方は違いますよ。
男1　（突如怒ったように）何が違うのですか……！　ほら恋人（カーヤ）もいる……。（ガザとカーヤに）いよいよお二人でレストランを開かれるんですね、パレスチナで……！　そうだ！　出発の前に写真屋を呼んで写真を撮るべきですよ！　恋人と二人で！　そうだそれがいい！
グレーテ　違いますよ。彼女は婚約者を亡くしたばかりなの。この二人は恋人同士なんかではないの。（カーヤに）ねえ。
カーヤ　……。
グレーテ　あらどうして返事をしないのかしら……。
男1　（グレーテを無視して）早いとこ出てしまった方がいいですよ。まわりが病人ばかりじゃ気が滅入りますからね。
ホフマン　（きつく）いいかげん部屋に戻りたまえ！　死んでしまうぞ！
男1　（ホフマンに）わかってますわかってます。（ガザに）良かった！　ホントに良かった！（嫌な感じの咳をして）ホントに良かった！（戻っていきながら）これでよく眠れます！　ごきげんよう！

男１、去った。

グレーテ　（ガザとカーヤに）ごめんなさいね。疲れたでしょ。
カーヤ　（グレーテの男１への接し方に違和感をおぼえて）さっき教会で会った人ですよね……。教会？
グレーテ　（いよいよ「!?」となって）教会です。会ったじゃないですか。石をぶつけられてた人でしょ？
カーヤ　なに言ってんの。もうずっと入院されてるじゃない、ブロッホさんよ。
グレーテ　え……。
ホフマン　（グレーテに）気の毒だが彼は隔離した方がいいかもしれんね……夜中にもずっとうろついてるだろう……。
グレーテ　あの人眠らないいんですよ。今まで眠ってるところを一度も見たことないわ。
ホフマン　うん……。（ふと気づいたようにカーヤとガザのことを）二人きりにしてあげよう。
グレーテ　ですからあの二人は違うんですよ。
ホフマン　そうなんだろうけどさ。（二人に）失礼するよ。
ガザ　いろいろありがとうございました。

グレーテ　じゃあね。
ガザ　どうも。
ホフマン　どうだい、ゆうべのチェスの続き。
グレーテ　いいですけど先生弱いんだもの。
ホフマン　負けるのもいいもんだよ。
グレーテ　あたしがつまらないのよ。

ホフマンとグレーテ、そんなことを言いながら去った。

カーヤ　いろいろへんだわ言ってることが……。
ガザ　君は疲れてるんだよ……。
カーヤ　……。

短い沈黙。

ガザ　（静かに）いい兄貴だった……。
カーヤ　……うん……。
ガザ　……いい恋人だった……？
カーヤ　もちろんよ……。

ガザ　……。
カーヤ　ラバンはあなたのことがとても好きだったわ……正直ちょっとおかしいんじゃないかと思ったぐらい……「あいつはいい奴だ」って……口癖みたいに……。

沈黙。
ガザ、突然泣き始める。

カーヤ　ガザ……。
ガザ　ごめん……。
カーヤ　ううん……。
ガザ　ちくしょう……！
カーヤ　……。
ガザ　兄貴が死んだ時、俺にはすぐわかった……あれはきっと死んだ瞬間だよ……。
カーヤ　……。
ガザ　それからずっと痛いんだ……今もずっと……！　痛いんだよ！　失くした半分を探してるみたいにギュウッとするんだ！　まるで身体が何かに思いきりねじられてるみたいに！
カーヤ　……。
ガザ　子供の頃のことばかり思い出すよ……。昔ウチにいた黒い犬、憶えてるだろ？

カーヤ　ピッコローネでしょ?
ガザ　うんピッコローネ。君が初めてウチに遊びに来た日、兄貴がはしゃいでピッコローネの奴を追い回したろ……それで君が兄貴を止めようとしてその後ろを追いかけて……。
カーヤ　二人で一緒に転んで膝を擦り剝いたわ……ピッコローネが傷口を舐《な》めてくれようとしたけどそれが痛くて、今度はピッコローネから逃げ回ったのよ、ラバンと二人して……。
ガザ　……こんなこと言ったら兄貴に怒られるかな……。
カーヤ　何……。
ガザ　君にそうやって思い出を残していく兄貴を……ずっと妬ましく感じてた……。
カーヤ　……。
ガザ　兄貴を探して戦地まで行ったの?
カーヤ　(うなずいて) ひどい所だった……。
ガザ　そう……。
カーヤ　ラバンにはとても耐えられないと思う……戦争なんて……。
ガザ　え……。
カーヤ　……きっと……
ガザ　きっと何?
カーヤ　きっとラバンは戦争になんか行ってないんだと思う。
ガザ　なに言ってるの……⁉

カーヤ　だって――

ガザ　そんなわけないじゃないか……！

カーヤ　んん、行ってないのよ。ラバンは逃げ出したんだわ……！

ガザ　兄貴は――ラバンは名誉の戦死をしたんだよ……！

カーヤ　（!?となって）え……？

ガザ　そのことを讃えられて二階級も昇級して大尉になったんだ。知ってるだろ君だって。
遺髪も軍帽もちゃんと家に飾ってあるよ……！

カーヤ　え!?

ガザ　え!?

カーヤ　あなたこそなに言ってるの!?　だって、じゃあここで死んでるのは誰よ!?（と棺の方へ向かい）ゆうべここで亡くなったのよラバンは!?

ガザ　落ち着きなよ。

カーヤ　あなたの言ってることおかしいわよ！　ラバンはここに、（一瞬躊躇《ちゅうちょ》するが）ラバンは……

カーヤ、棺《ひつぎ》の小窓を覗いて――

カーヤ　え!?

カーヤ、乱暴に棺のフタを開けると、中の花を次々と放り出す。

ガザ　やめるんだカーヤ。

棺の中にはラバンではなく、まったくの他人の死体。

カーヤ　(口に両手をあてて) 全然知らない人！

死体がゆっくりと半身を起こす。10場で撃ち殺された男2のようでもある。

カーヤ　(思わず死体に向かって) ごめんなさい！

死体　(宙を見つめて) ……。

カーヤ・ガザ　……。

死体、再び横たわる。

短い沈黙。

ガザ　大丈夫かい……。

カーヤ　(混乱して) わからない……！　ごめんなさい……。

ガザ　（カーヤの肩を抱いて）部屋に戻って少し休んだ方がいいよ。
カーヤ　部屋？

看護婦が三人の葬儀屋を伴ってくる。

看護婦　こっちよ。

看護婦と葬儀屋達、棺の状態に気づいて愕然とする。

看護婦　どうしたのこれ……。
カーヤ　ごめんなさい……。
葬儀屋　死者を冒瀆《ぼうとく》するんじゃない！
看護婦　（葬儀屋に大声で）大声を出さないで！　ここをどこだと思ってるんですか！
葬儀屋　（とたんにへりくだって）すみません……。
看護婦　片づけて早く持って行きなさい。
ガザ　（冷静に）ごめんなさい。彼女ちょっととり乱してしまって……。
看護婦　（やわらかく）いいのよ。
カーヤ　……。

葬儀屋、あんなことを言った割には雑に片づけ、棺を運んで去っていく。

カーヤ　どうするのですかあれ……。

看護婦　（少し笑って）どうするって、埋葬するんですよ……（にこやかなまま）カーヤさん今日はお散歩から帰るの随分早かったんですね。

カーヤ　はい……？

ガザ　今日は珍しく食欲があるって言うんで、気が変わらないうちに帰ってきました。

（カーヤに）な。

カーヤ　⁉

看護婦　そうだお部屋、（棺桶が運ばれて行った方を指して）あの方のお部屋が空きましたけどどうします？　代わりますか？

ガザ　どうする？

カーヤ　なんですかお部屋って⁉

看護婦　今度のお部屋の方がずっと日当たりがいいですよ。

ガザ　（カーヤに）そうしなよ。（看護婦に）お願いします。

看護婦　わかりました。2号室です。いつでも入れますよ。（と行こうと）

カーヤ　待ってください……！

ガザ　どうしたの。

カーヤ　あの人のお部屋をどうするって言うんですか……⁉

カーヤ　あたし……とても悪いの……!?

ガザ　行こう。

カーヤ　あたしの……

看護婦　（意味がわからず）どうする？　どうするってなんです？　第一もうあの方のお部屋じゃなくてあなたのお部屋なんですよ。

ガザと看護婦、顔を見合わせる。

看護婦　どうしてそんな風に考えるの？

ガザ　悪いってほどじゃないよ。

看護婦　そうですよ。院長先生だって随分良くなったって驚いてたじゃありませんか。よく眠ってよく食べてお陽《ひ》様に当たればすぐ元気になるよ。そうですよね？

ガザ　ええ。

看護婦　（自信満々とは言えぬ語気で）元気だわ、今だって……。

カーヤ　そうさ、その意気だよ。顔色だっていつもよりいいじゃないか。

ガザ　そうね。自分から元気だなんて言葉を口にするようになっただけでも良くなってる証拠よ。

看護婦　

ごく短い間。

カーヤ　はい……。
看護婦　暖かいお茶を淹れるわね。
カーヤ　ありがとう……あまり熱くしないでくださいね……。
看護婦　（行きながら）わかってますよ……お部屋に持って行きますから。
　ガザ　ありがとうございます。
看護婦　いいえ。

看護婦、去った。

カーヤ　ガザ……。
　ガザ　何？
カーヤ　（控え目に）もう少し一緒にいてくれる……？
　ガザ　もちろんいいよ。
カーヤ　……あたし、先生の言いつけを守って、もっと沢山食べられるようになる……。
　ガザ　（嬉しく）それがいいよ。さ、部屋に戻ろう。
カーヤ　うん。
　ガザ　新しい病室に花を飾ろう。あとで摘んできてあげるよ。ほら、門の前に綺麗な白い花が咲いてたろ？

カーヤ　あの花は好きじゃない……。
ガザ　どうして。とても綺麗だったじゃない。
カーヤ　そうね……醜い物を隠すために咲いてるのよ……。
ガザ　カーヤ……。

風景、消える。

12

２場と同じセットだから、そこは男１の家。鞄が置いてある。
今、誰もいない。
ややあってドアが開き、男１と男２が、辛くて長い旅を終えたような複雑な面持ちで入ってくる。男１はもう老人ではない。

男１　ただいま……。
男２　（置いてある鞄に気づいて）おい……鞄……。
男１　え⁉（もう一度、今度は別の部屋に）ただいま！（と言いながら鞄に向かう）

男１、以下の台詞の中鞄を開け、ノートを出して開く。

男２　疲れた……。あれ一九二三年のタバコ屋んとこちょっと右曲がりゃすぐ目の前が二〇一九年のおまえんちだったんじゃねえか！　なのにどうしておまえさんはああいう時違う道違う道……
男１　……え⁉

男2　（面倒臭そうに）なんだよ……。
男1　（ノートを見ながら）長くなってる……。
男2　へえ……。
男1　長くなってるよ……！　ほら嵐の夜のあとのことも書いてあるよ！
男2　いいよ俺はもう。
男1　カフカさん、俺たちと会ったあと、頑張ったんだよ。（ノートの最後を見て）……最後まで書けたのかな……。
男2　持っていくんだろ今日出版社に。
男1　（ハッとして）今何時？
男2　見ろよ自分で時計。（と壁を指す）
男1　うん。（見て）よかった間に合う。（突如不安になり男2に）止まってないよな!?
男2　知らねえよ他人《ひと》んちの時計のことなんか。
男1　（再び見て確認し）うん、止まってない……俺の時間だ……。

別の部屋から女1が来た。

女1　（うわの空で）あ帰ってきた。
男2　（笑顔で）ただいま……！
男1　（女1に）この鞄どうした。

女1　ん、なんか届けてくれたの。
男1　誰が。
女1　美容師さんじゃない人。
男1　誰。
女1　だから美容師さんじゃない人。
男1　大抵の人は美容師さんじゃないだろう。
女1　（聞いておらず）……。
男2　（その様子に）どうしたのフリーダちゃん。
女1　すごいことがあったのよ……。
男2　何すごいことって。
女1　……言ったって絶対信じないから言わない。
男2　え……。
男1　へえ……俺たちには、もっとずっとすごいことがあったんだよ……。
女1　何よ。
男1　……絶対信じないから言わないよ。
女1　へえ……。

間。

男2　よくねえんじゃねえかこういうの。
男1・女1　何が（よ）。
男2　だから……兄妹すごいことがあった者同士、どんなすごいことがあったかを言わねえっていうのはさ……。
女1　（男2に）どっちの方がすごいと思う？
男2　え……フリーダちゃん。
男1　なんで！　どうしてそっちに付く！　俺達の方がずっとすごいじゃないか！
男2　聞いてもねえのにどうしてわかるんだよ！　おまえさんはそういうところがあるよ昔っから！
男1　おまえだって聞いてもないのに……。
女1　（男1に）聞きたい？　聞いたって絶っ対信じないわよ。
男1　いいよ……。
女1　何故。
男1　聞いたって絶っ対信じられないことを聞いたって仕方がないだろう。絶っ対信じられないんだから。

そう言うと男1、再びノートを読み始める。

女1　（仕方なく男2に）お婆ちゃまね、ホントに魔法使いだったのよ。

男2　（すでに別のことを考えていたが）それはすごいね。
女1　どっちがすごい？
男2　そっちの方がずっとすごいよ。
女1　（自慢気に兄を見る）……。
男1　（気になりつつもノートを読む）……。
男2　フリーダちゃん。
女1　何？
男2　結婚してくれないか。
女1　⁉（男1に）何そんなこと⁉
男2　違うよ！　すごいこととはまた別に結婚してくれないかっての。もちろんこれだって俺にとっちゃ充分すごいことなんだけれどもね。どうだい結婚。
女1　いいけどさ別に。
男2　（男1に）いいってよ！（女1に）ありがとうフリーダちゃん！　つい今さっき娘に電話したら、あいつ結婚しててさ刺青の男と。ひどいと思わねえか、父親がたった二日留守にしてる間に。いや、別に娘に負けじと結婚したいわけじゃないんだけれども。
女1　あ、お婆ちゃま。

女2が来たのだ。

女2　（女1に）まあ久し振り……！
女1　今まで一緒にいたじゃないですか。
男2　聞いたよ。本当に魔法使いだったんだってね。びっくり仰天だよ。
女1　やってみせてあげて魔法。
女2　あ魔法、いいですよ。

男1と2、見る。

女2　（女2が魔法をかけるようなポーズをとる。〝ポロロン〟と音）
女1　……ね。
男2　（とくに何も起こらないので）え……？
女1　聞いてなかったの？　もう一度やって。
女2　（すぐに同じことをやる。ポロロンと音）
男2　ああ音⁉
女1　すごいでしょ……⁉
女2　（続けざまに三回やる）
男2　すごいね。
女1　すごいのよ。
男2　お婆ちゃん、俺達結婚することになったんですよ。

女1　（男2に）そのことなんだけどね……。
男2　（とたんに不安になり）何？
女2　（男2に）あなたはいないんですよ。
男2　いないってなんですか。いますよ。
女2　いないんです本当は。お婆ちゃまが出したの魔法で。
男2　……フリーダちゃん、俺のこと、いないと思うかい⁉
女1　あたしもてっきりいると思ってたんだけど……
男2　いるよ……。
女1　ちょっと動いてみて。
男2　（動いてみて）どう？　いるだろ？　動いたろ俺。
女1　動いたようには見えたけど、あんたが自分で動いたのか、お婆ちゃまが魔法で動かしたのか……。
男2　自分で動いたんだよ……！
女1　だからね、あんたは自分で動いたと思ったとしても、本当はお婆ちゃまが動かして、あんたにそう思い込ませてるだけかもしれないじゃないの。
男2　ああ、そうか……。
女1　そうなのよ……ゼマーネク先生も本当はいなかったの。
男2　誰？
女1　お婆ちゃまの往診に来てくれてるお医者様。（女2に）昨日診察中にね。

女2　ええ。本当はいないんだってことをね、痛いほどわからせてあげましたお婆ちゃまが。
男2　そうか……いないだなんて思ってもみなかったな……。
女1　誰だってそうよ……思ってもみないの、自分がいないだなんて……。
男1　（ノートに目をやったまま男2に）おい……。
男2　……。
男1　おい。
男2　うるさいな。いないんだよ俺は。
男1　小説に出て来ちゃってるよ俺達。
男2　ああそう。
男1　あの人に公園で野宿した話をしたろ。あれほとんどそのまま書いてるよ……。
男2　へえ……。
女1　え、なんか書いてある？
男1　何が。
女1　そのノート。届いた時見てみたら、中身全部消えてて真っ白だったのよ。
男1　なに言ってんだ、真っ黒だよ。（男2に）おまえと俺が婆ちゃんちに人形を盗みに行ってる。
男2　あ？

女2、魔法のポーズをとりポロロンとやる。

男1　フフフ……おまえ、ひい爺ちゃんに撃ち殺されてるよ。
男2　ひでえな……！（女2が魔法のポーズをとりポロロンとやる）なにも撃ち殺すことねえじゃねえか。（女2がポロロンとやるので）お婆ちゃんちょっと魔法うるさい。
女2　（返事のようにもう一度ポロロン）
男1　撃たれる前、おまえ俺に、フリーダをくれって頼み込んでるよ……。
男2　え……（と照れたような顔で女1を見る）
女1　なにあたしの名前まで出てくるの？
男1　俺は爺さんになってサナトリウムに入ってる……カーヤと一緒に。
女1　どういうこと？
男1　カフカに会ったんだよ……。
女2　（敏感に反応して）カフカさん……⁉

演奏入る。

男1　カフカさん。会って来ましたよ。一九二三年十一月のサナトリウムで。
女2　いい方でしたよ……。
男1　ええ……とてもいい人でした……。
女2　（人形に）あなたを探し出して連れてきてくれたのよ……。

男2　お婆ちゃんそれ別の人形ですよ。カフカさん買ってきたんですよどっかで。
女1　（小声で）つまんないことを言わないの！
男2　ごめんなさい。
人形の声　ユーリエ……。
人形の声は女2にしか聞こえない。
女2　ヨゼフィーネちゃん……。
皆、女2を振り返った。

13 （エピローグ）

そこは1場を思い出させる列車の中になっている。

カーヤとガザが向かい合って座っている。他に十名程度の乗客がいる。カーヤは眠っているようだ。

ガザ、カーヤの寝顔を愛おしむように眺め、彼女が膝にかけていたストールがずれ落ちそうになっているのを直してやる。カーヤが小さな呻き声と共に目を覚ました。

ガザ　起きた……？

カーヤ　ごめんなさい。話を聞いてもらってる途中に……。

ガザ　（苦笑して）散々話してふと見たら寝てたよ……。

カーヤ　ごめん。今どこなの？

ガザ　もうヴェストヴェスト。

カーヤ　そう……あたしまたあのサナトリウムに戻るのね……。

ガザ　きっと少しの間だよ……（話を変え）さっきの話だけどね、君がラバンと一緒に乗った列車はきっと、乗ってはいけない方の列車だったんだ……。

カーヤ　そうね。あの時あたし達、乗ってはいけない方の列車に乗ってしまったのね……。バ

ガザ　ルナバス大尉達と乗った列車もそうだったんだわきっと。
カーヤ　うん……。乗っていい方の列車に乗ってれば、何もかも違ってたのかもしれない……。
だけど……。

車掌が来る。5場とは異なり、ごく普通の様子である。もちろんコウモリ傘もさしていない。

車掌　長らくのご乗車ありがとうございます。夕陽が沈もうとしています。当列車は順調に運行し、あと十分程でヴェストヴェストに到着いたします。お降りのお客様は、どうぞお忘れ物無きようお気をつけ下さい。
ガザ　だけど、何？
カーヤ　だけど、乗っていい方の列車と乗ってはいけない方の列車はどうやって見分ければいいの？
ガザ　わからないよそんなこと誰にも……わかっちゃったら乗っちゃいけない方の列車には誰も乗らなくなっちゃうだろ……。
カーヤ　（不安になり）……この列車は？　どっち？
ガザ　どうだろう……。
カーヤ　きっとまた乗っちゃいけない方の列車なんだわ……。（鞄の中を探って）ほら……！
せっかくおみやげにもらったリンゴを忘れてきてしまった……。

ガザ　え？
カーヤ　リンゴの皮をナイフで剝《む》いて、小さく切って食べたかったのに……。
突如列車が急停車する。
カーヤ　何⁉　どうしたの⁉
演奏が静かに入ってくる。
他の乗客達がカーヤを不穏な眼差しで見る。
カーヤ　（そのことを感じて）……。
ガザ、不意に立ち上がる。
カーヤ　どこ行くのガザ……⁉
ガザ　（手を差し出して）ここにいちゃいけない……降りよう……。
カーヤ　え……。
ガザ　降りてみるんだよ……。
カーヤ　……降りられるかしら？

ガザ　わからない……（手を差し出して）手をしっかり握って。歩ける……？

カーヤ　歩けるわ……。

遠く、アドルフ・ヒトラーの演説が聞こえている。

ガザとカーヤ、乗客を押しのけ、引き離しながら、一段、また一段と階段を上って行く。

演奏と共に、ヒトラーの演説も高鳴っていく。すべての乗客から逃れたふたり、一瞬見つめ合い、再び前を向いて、数段、階段を駆け上がったその時——

急激に暗転。

世界は突然閉じられた。

了

カフカズ・ディック

主要登場人物

フランツ・カフカ
マックス・ブロート…フランツの親友
フェリーツェ…フランツの一番目の恋人
ミレナ…フランツの二番目の恋人
ドーラ…フランツの最後の恋人
オットラ…フランツの妹（三女）
ヴァリ…フランツの妹（次女）
エリ…フランツの妹（長女）
ゲオルク…ブロート邸の執事
ゼリグ…保険局員
ポラック…ミレナの夫
ユーリエ…人形をなくした少女
ユーリエの父／謎の男
医者／裁判長
男1・2／編集者A・B
入院患者
大家、夫・妻
酔っ払い、夫・妻
ゼリグの部下
おじき
掃除婦
似顔絵描き
神父／出版社の社長

1

プラハ——そこは今なお、遠く中世にまで根を張った町であり、子供の成長の舞台としてはかなり無気味な世界である。

そこでは伝説や秘密が、石壁に溶け込んでいる。お使いに出された子供は、復讐《ふくしゅう》の念に燃える過去が待ち伏せる穹形《きゅうけい》の門や、異様に曲がりくねった小路を通り抜けていった。

ここがフランツ・カフカの、短く、奇妙な人生の舞台だった。

※　※　※

舞台上は抽象的な美術セットに埋めつくされ、必要に応じて、そこは彼が住んだプラハの町にもなれば、彼が暮らした部屋にもなるだろう。トンネルのような控えの間と、陰気な家具のある居間を抜けた先の狭い部屋。簡素なベッドと戸棚が一つ。ランプと、古ぼけた書き物机。

あるいは、彼が勤めた半官半民の役所に見える時もあるはずだ。正確にいうと「ボヘミア王国労働者災害保険局法規課」。重厚な建物の三階。びっしりと並んだ書類棚。饐《す》えたような煙草の煙と埃《ほこり》の臭い。

はたまた、彼が息をひきとった、キーアリングの療養所。もっとも安く、もっとも質素な、小さなサナトリウム。そしてなによりも、そこは、彼が書いた不可解な小説世界だ

――。

客電が落ちるとともに静かに音楽が流れ始め、暗闇《くらやみ》の中に次のような字幕が浮かぶ。極めて質素に。

※　※　※

『フランツ・カフカは「城」「審判」「変身」等、謎《なぞ》めいた小説を書き続け、』

『一九二四年、四十一歳の誕生日を目前にして他界した。』

『その作品のほとんどは彼の死後に発表されたものであり』

『生前、労働者災害保険局の局員だった彼を作家とみなした人間は、ごくごく少数だった。』


字幕、静かに消えた。

ぼんやりと明かりが入ると、フロック・コートにシルクハットをかぶり、原稿を手にした二人の男とマックス・ブロートが浮かび上がった。

男1　掟《おきて》の門の前に門番が立っていた。
男2　そこへ田舎から一人の男がやってきて、
ブロート　（田舎から来た男の声色《こわいろ》で）入れてくれ。
男1　と言った。

ブロート　（門番の声色で）今は駄目だ。
ブロート　男２　と門番は言った。
ブロート　（田舎から来た男の声色で）今が駄目でもあとならいいのか。（門番の声色で）ともかく今は駄目だ。
男１　男は、何年も門の前で待ち続けた。
男２　そのうち、なんだか子供っぽくなってきた。
男１　永らく門番を見つめてきたので、彼が纏《まと》っている毛皮のマントに止まったノミにもすぐ気づく。
男２　すると、ノミにまで、
ブロート　（田舎から来た男の声色で）お願いだ。中へ入れてくれないか。
男１　と頼んだりした。
男２　そのうち、視力が弱ってきた。
男１　あたりが暗くなったのか、それとも目のせいなのか、わからない。
男１・２　命が尽きかけていた。

いつの間にか別のエリアに散在する、フェリーツェ、ミレナ、ドーラ、オットラ。カフカの人生を彩った女性達。

フェリーツェ　死の間際、これまでのあらゆることが凝結してひとつの問いとなった。

ミレナ　これまでついぞ口にしたことのない問いだった。
ドーラ　体の硬直が始まっていた。もう起き上がれない。
オットラ　すっかり縮んでしまった男の上に、大男の門番がかがみ込んだ。
ブロート　（門番の声色で）欲の深い奴《やつ》だ。これ以上何が知りたい。
女達　男は言った。
ブロート　（男の声色で）誰もが掟を求めているのに、この永い年月の間、どうして私以外の誰一人、中に入れてくれと言ってこなかったのでしょう？
男1　命の火が消えかけていた。
男2　うすれていく意識を呼び戻すかのように、門番が言った。
ブロート　（門番の声色で）他の誰一人、ここには入れない……なぜならこの門は、おまえ一人のためのものだったからだ……さあ、もう俺は行く……ここを閉めるぞ……。

女達はいつの間にか消えており、男1、2はそれぞれ編集者A、Bになった。
そこはフランツ・カフカの親友、マックス・ブロートの住む家のリビングだ。

ブロート　（男二人に）どうですか？
編集者A・B　（原稿から目を上げて）……。
ブロート　あの、
編集者A　いいと思いますよ。

編集者B　ええ、いいですよ。
ブロート　本当にそう思われますか。
編集者A　嘘《うそ》をついていると？
編集者B　我々が？
ブロート　あ、いえ、とんでもない、そうではないんです。ただ、彼の書く小説は御覧の通り、いささか風変わりと申しますか、難解と申しますか、誰もが楽しめるというものではない。ですが……確かに非現実的な表現ではありますが、こうした方法でしかとらえられない世界というものがね、ありますよね。

編集者A、B、聞いているんだかいないんだか。

編集者B　わかります。
ブロート　そうですか。よかった。
編集者A　いいとは思うんですよ、ちょっと手を加えれば。
ブロート　は？
編集者B　そうですね。
ブロート　手を加える？
編集者A　（遮《さえぎ》って）これ、こいつ、入っちゃった方がいいでしょう門の中に。
編集者B　ですね。

ブロート　……え？
編集者A　男。だからね、永い間待った甲斐《かい》あってようやく入れるんですよ。
編集者B　（同意して）ええ、ええ、「ああよかったね」っていう。
ブロート　いや、入っちゃっちゃ、
編集者A　（遮って）めでたしめでたしだ。
ブロート　駄目ですよ入っちゃ。そういう話じゃないんですよ。
編集者A・B　（きょとんとしてブロートを見ている）
ブロート　（ので）そういう話じゃないんです。
編集者A　じゃあ何か出てきましょう、城の中から。
ブロート　何が？
編集者A　（一瞬考えて）お姫様？
編集者B　ああ。
編集者A　永い間待った甲斐あって、美しいお姫様と結婚するんです。
編集者B　ああ、ね。
ブロート　ですからこの物語は、待っててよかったねっていう話じゃないんですよ。
編集者A・B　わかってますよ。
編集者B　あ、じゃあこうしたらどうですかね。
編集者A　何？
編集者B　男と門番っていう設定を、「男と気のいい木こり」に変えてみるんです。

編集者A　なるほどな。
ブロート　門の前ですよ。掟の門。
編集者A　（編集者Bに）いっそのこと、「羽にケガをした白鳥と気のいい木こり」にしてみたら？
編集者B　それだ。
ブロート　それじゃあ全然違う話になっちゃうでしょう！
編集者A　（低いトーンで）ブロート先生。彼がこれまで出版した六冊の単行本の中で一番売れたのはあれですよね。あの、虫になっちゃう、
ブロート　『変身』ですね。
編集者A　売れ行きは……？
ブロート　……御存知でしょう。
編集者A　何部売れました……？
ブロート　初刷《しょずり》が……千二百。
編集者A　初刷しかないでしょう。
編集者B　処女作に到っては八百部刷って三百しかはけてない。同人誌並みです。
ブロート　あれは出版社に、（言い直し）出版社にも問題があったんです。潰《つぶ》れた会社の悪口は言いたくありませんが、なにしろ杜撰《ずさん》なところで。最初、表紙の著者名がフランツ・フカフカになってたんですよ、フカフカ！　普通間違えますか⁉　表紙ですよ！
編集者A　ブロート先生、今さら申し上げるまでもないでしょうけど、本が一冊売れると定価の

ブロート　30％もしくは40％を書店と問屋に取られます。著者に10％。残りの50％もしくは60％を出版社が頂くわけですが、そこから本の制作費、つまり紙代、印刷代、製本代、デザイン代、それから宣伝費、倉庫代、返本手数料、運営費、人件費を捻出《ねんしゅつ》しなくてはなりません。先生がお書きになっている御本のように二万、三万売れればまず問題ない。私共も大変助かっております。しかし、千や二千しか売れないんじゃ担当者に人件費も払えない。あげく、別の本の担当者が片手間で受けもつ、フカフカでも仕方ありません。

編集者B　わかってるよそんなことは！　私はあなた方が秀《すぐ》れた作品ならば売れなくても出すって言ってくれたから、だったら、

編集者A　秀れた作品ならばですよ。先生の作品みたいに。

ブロート　先生の御本ほどは売れなくてもと申し上げたんです。

編集者B　彼の小説に比べれば私の作品なんか屁《へ》だよ。

編集者A　屁⁉

ブロート　それじゃあ私共は屁を売ってるんですか？

編集者B　（半ばヤケクソで）ああ、屁を売ってんだあんたらは。屁売り商だ。（放屁をマイムで）プップップー。

編集者A　なんて低レベルな。

編集者B　わかりませんね。どうして先生のような才人が、なにさんでしたっけ。カフカ。

編集者A　カフカさんみたいな（言葉を探して）特殊な作家を応援されるのか。
ブロート　（まだやっていて）プップー。
編集者A　失礼しよう。
ブロート　（帰れとばかりに）プー。
編集者B　お邪魔しました。
ブロート　プースカプップップー。

編集者A、B、去った。
その間もブロート、プープーやっていたが、次第に語気、弱くなる。

ブロート　（表情は最早《もはや》シリアスで）……プップー……。

見れば、ブロート邸の使用人であるゲオルグが立っていた。

ブロート　！
ゲオルク　（こともなげに）もうよろしいでしょうか。
ブロート　（気まずさありつつ）なんだ。
ゲオルク　ですからプープーやるのは、もうお済みでしょうか。
ブロート　（それは無視して）フランツに電報を打ってくれ。

ゲオルク　電報ですか。
ブロート　ああ。「クルト・ヴォルフ書房NG」それでわかる。
ゲオルク　フランツ・カフカ様ですよね。
ブロート　そうだよ。
ゲオルク　よろしいんですかね。
ブロート　（苛々《いらいら》と）何が。キーアリング大通り七一番地。
ゲオルク　キーアリング・サナトリウム。
ブロート　そう。どうしたんだ早く！　……いや……そう急ぐことでもないかもしれない……。
ゲオルク　よろしいんでしょうか。
ブロート　何が。
ゲオルク　電報。
ブロート　事実は事実だよ。嘘言ってぬか喜びさせたところでなんになる。
ゲオルク　いや、そうではなくて、
ブロート　少し放っといてくれないか！
ゲオルク　はあ……。

ブロート、力なく机につっぷした。
ゲオルクは何故か釈然としない様子で去っていく。
ゲオルクとすれ違うようにして、キーアリングの療養所にいるはずのフランツ・カフカがパジャマ姿で現れるので、彼がブロートのイメージであるらしいことが察せられる。

フランツ　だから言ったろ……あんな奴らに俺の小説がわかるわけないんだよ……。

ブロート　(つっぷしたまま)あいつらにわからなくても、ともかく出版させちまえばこっちの勝ちだと思ったんだが……すまない。

フランツ　なんで謝る。むしろ有り難いくらいだよ……。『掟の門』はともかく、あとはおおむね駄目だ。俺が死んだあとに作品だけが残って人様の目に触れ続けるなんて、とてもじゃないが耐えられないよ。

ブロート　またそういう……(強く)もっと自信をもてって!

フランツ　自分で納得いってないものにどうやって自信をもつんだよ。

ブロート　じゃあ俺のやっていることはなんなんだって話だろ。え⁉　二冊目の単行本の時だってそうだよ。小さいながら広告も出ました、校正も終わりました、さああとは書店に並ぶだけですって時に、おまえ俺に無断で出版社宛になんて手紙書いた?

フランツ　あれは悪かったよ。

ブロート　(構わず続けて)「私は何度も、自分の責任感をまっとうするか、それとも美しい書物に混じって一冊の本を持ちたいという欲望を満たすか、迷っておりました」

フランツ　悪かったたって。

ブロート　「たった今、決心がついたところです。やはり私の小説は人目に触れるべきものではありません」

フランツ　もういいよ。
ブロート　「この期《ご》に及んではありますが、やはり出版は差し控えさせて頂きたいと思います」
フランツ　（他人事《たにんごと》のように）まあいいじゃないか、結局は出たんだからさ。元気出して。
ブロート　おまえの本だろう！
フランツ　できるだけ考えないようにしてるんだよあの本のことは……あの本に限らないけど……。
ブロート　……！　俺なんか、俺なんか新しいのが出る度《たび》に本屋行って、なるべく売れてそうな本の上にこうやってそおっと置いてやってんだぞ！
フランツ　やめてくれよ、そういうの。
ブロート　（指さして）『ファッション通信』、『月間ニューモード』、フランツ・カフカ『変身』。
フランツ　不自然だろそれ。
ブロート　『三国志』一巻、フランツ・カフカ『変身』、『三国志』三巻、フランツ・カフカ『変身』。
フランツ　売れないよ、そんなことしたって。
ブロート　……。
フランツ　有り難いけどな……。売れない。
ブロート　……なあ……イライラするんだよ……！
フランツ　何が。
ブロート　おまえ見てると……もどかしくて！

フランツ　ああ。
ブロート　（静かに、しかし熱っぽく）おまえはね……すっごいもん書いてんだぞ。
フランツ　へえ。
ブロート　読んだ人間が拒絶反応を起こすことが多いのは、それは本当のことが書かれてるからだよ……それまで見えていなかった現実に対して目を開かされることになるからだ……これまで現実だと思ってきたことが現実ではなかったことに気づかされるからだ……。現実の不確かさを知らされるのがこわいんだよみんな。それをなんとなく予感するから、ちゃんと目を向ける前から目をそむけたくなる……。秀れた文学っていうのはな、最初は必ずこうした拒絶反応に遭うものなんだ……。最初から理解するのはほんの一部の人間だけだ……。
フランツ　そんなたいしたもんじゃないよ俺の小説なんて。
ブロート　んなこと、
フランツ　あるって。個人的な悪夢を書きつづっただけなんだから……。
ブロート　おまえはね、全っ然わかってません。もっとよく読みなさい。読み込み方が足りない。
フランツ　ええ？
ブロート　もういい。
フランツ　……おい。
ブロート　もういいよ。
フランツ　……。

風景変わって、別の空間にフェリーツェが現れた。

フランツ　（フェリーツェの方へ向かいながら）感動したって？　ヘルベルト・オイレンベルクに？

フェリーツェ　ええ。二日徹夜して一気に読んでしまったわ。読む？（と、差し出す）

フランツ　いらないよ。オイレンベルクなんて、凡庸以下の物書きじゃないか。

フェリーツェ　（ひどく嬉《うれ》しそうに）え、ボヨヨンイカ？

フランツ　……。

フェリーツェ　（なおも）ボヨヨンイカ？

フランツ　違う！

フェリーツェ　はい、ごめんなさい、はい。（と、嬉しそう）

フランツ　こんな息切れする汚らしい文章にはとてもじゃないけど我慢ならない。

フェリーツェ　（からかうような眼差《まなざ》しで）そうかしら。

フランツ　そうだよ。こんな小説読むもんじゃない。

フェリーツェ　そうかしら。じゃあエルゼ・ラスカ＝シューラーは？（と、出した）とても美しい詩集よ。（一節を読んで）「木が一本。二本。木が三本。森のはじまり」

フランツ　（遮って）やめてくれ鳥肌が立つ！

フェリーツェ　そうかしら。

フランツ　今のところ読んだだけでもわかるだろう、頭悪いって！

フェリーツェ　美しいわ。

フランツ　どこが⁉　とても読めたもんじゃない。ただただ退屈で中味がない。わずらわしいだけだ。都会に住んで夜毎《よごと》カフェをうろついている女が叫び散らしてるだけだよ。読まない方がいい。（熱弁している自分を見て含み笑いをしているフェリーツェに）なに笑ってんだよ、読むべきじゃないよ！

フェリーツェ　（笑いを押し殺しながら）はいはい……じゃあねアルトゥーア・シュニッツラー、

フランツ　（言い終わらぬうちに）アルトゥーア・シュニッツラーだ⁉　吐き気がするね。ラジオ・ドラマも小説も質の悪いやっつけ仕事ばっかりだ。

フェリーツェ　今一番人気の作家よ。

フランツ　読むべきじゃない。

フェリーツェ　じゃあねじゃあね、イエンス・ペーター、

フランツ　（やはり相手がその名を口にするや否や）イエンス・ペーター⁉（とは言ったものの、言葉が思いつかず）こぉんな顔じゃないか。（と、不細工さを手振りで表現）

フェリーツェ　顔は……。

フランツ　読んじゃ駄目だ！

フェリーツェ　じゃあ……（フランツが身構えるので）言う前からけなそうとしてるわ。

フランツ　（なだめるように）フェリーツェ……僕たち二人の間には誰一人割り込ませちゃいけないよ……。

フェリーツェ　（ボソリと）私は本が好きなだけなのに……。
フランツ　僕の小説の感想は？
フェリーツェ　（ついにきたかという風に）あっ……！
フランツ　あってなんだ。読んでくれたんだろ。
フェリーツェ　もちろんよ。
フランツ　じゃどうしていつまでたっても何も言ってくれない……君の方からあれしてくれるのを……今や遅しと、待ち受けていたのに……。
フェリーツェ　（ようやく真顔になって）ごめんなさい……。
フランツ　気に入ったかどうかはどうでもいい、いやどうでもよかないけど、それより僕は君から、つまり……ある種の同意がほしいんだよ……なんていうか……目的地はどこであれ同行することの同意……加わることの同意……。
フェリーツェ　全くわからない……。（ハッとして）え？　結婚てこと⁉
フランツ　いや、まだそこまではあれだけど。
フェリーツェ　（ついつい）なんだよ。（わかったかのように反すうして）同意……。
フランツ　ねえ、感想。
フェリーツェ　感想（……言葉に窮《きゅう》して）なんか……いい感じ？
フランツ　……。ちゃんと読んだ？
フェリーツェ　読んだわ。
フランツ　君に捧げたんだよ。

フェリーツェ　あたしに⁉
フランツ　書いてあっただろ！　献辞。フェリーツェ・Bに捧ぐ。
フェリーツェ　(今捧げられたかのように) ああどうも。
フランツ　ちゃんと読んだのかよ！
フェリーツェ　読みました。
フランツ　で、どうだったの。
フェリーツェ　面白かったわよ。
フランツ　(本意ではないようで) 面白かった？
フェリーツェ　(別の言葉を探して) ……感動した。
フランツ　感動？
フェリーツェ　……勉強になった。
フランツ　勉強？
フェリーツェ　じゃあなんて言ってほしいんです⁉
フランツ　じゃあ？
フェリーツェ　……。

風景、止まった。
別のエリアにゲオルグが現れて、顧客に向かって語り始める。

ゲオルク　まだ一冊の本も出版していなかったフランツ・カフカさんと、レコード会社の秘書を経て口述録音機の販売会社に勤務していたフェリーツェ・バウアーさんは十三年前、一九一二年に出会い、たちまち恋に落ちました。仲むつまじかったと聞きますね。

フランツ　じゃあってなんだよ。

フェリーツェ、去った。

それを追うようにして、フランツ、去った。

ゲオルク　もっとも、カフカさんはここプラハに住んでいましたし、バウアーさんはドイツのベルリン在住でしたから、会うのは数ヶ月に一度、あとはもっぱら手紙のやりとりだったみたいです。そいでまあいろいろありまして、五年間のなんだか煮えきらないあれこれのあと、八年前に二人は別れたわけです。

明かり、ブロート邸に戻った。

ブロート　（ゲオルクに）電報は。

ゲオルク　打ちました。しかしよろしいんでしょうか本当に。

ブロート　何が。

ゲオルク　いや、いいんですけど、ついさっき、向こう様から先に電報を頂いていたものですから。
ブロート　向こうって……？
ゲオルク　ですから、キーアリング・サナトリウム。
ブロート　なんだと！
ゲオルク　（勝ち誇るように）ほらね。
ブロート　なんで言わないいんだよ！
ゲオルク　あんまり気持ち良さそうにお休みになってらしたものですから。
ブロート　え……？
ゲオルク　芝生の上で……スヤスヤと……遠くで太鼓の音がドンドコドンドコ……すみません、なんか別の日の記憶と混ぜこぜになってるみたいです。
ブロート　（よくわからないがともかく啞然とし）なんだいそれは……⁉
ゲオルク　よくあるんです最近……。
ブロート　よくあるって、大丈夫なの？
ゲオルク　大丈夫です。
ブロート　頼むよ。
ゲオルク　ええ、私の方からもよく頼んでおきますので。
ブロート　うん。（と、言ってから）誰に？
ゲオルク　そんなことよりもこれ。（と、電報を）

ブロート　……うん。

ブロート、じっと電報を見つめたあと、読まずにしまおうとするので、

ゲオルク　お読みにならないんですか。
ブロート　読むよ。
ゲオルク　ええ。電報ですからね。
ブロート　電報だよ。

しかし、ブロートは読まない。

ゲオルク　（不意に）不吉な予感ですか？
ブロート　え……⁉
ゲオルク　不吉な予感がするから読みたくないんですね。
ブロート　……なに言ってるんだよ。んなことないよ。（と、読もうとした時）
ゲオルク　残念ですが、予感的中です。
ブロート　読んだのか。
ゲオルク　フランツ・カフカ様が本日正午過ぎ、お亡くなりになりました。

瞬時にして風景変わり、男1、2（編集者A、B）に取り押さえられるようにして、フランツが現れる。
死のための奇妙な裁判。
反対側からは〝裁判長〟と呼ばれる男が現れた。（しかし、彼は白衣を羽織っている）

フランツ　放せ！　俺はまだ死なない！　新しい本の校正が終わってないんだよ！　もう少し待ってくれ！　話せ！

裁判長　静粛に！　只今《ただいま》より、フランツ・カフカの死に際し、最終的な罪状認定のための公判を開廷する。

フランツ　罪状認定って、僕がいつどんな罪を犯したっていうんですか！

男1　自分がどんな罪を犯したかわからないってこと自体、すでに罪なんだよ。

フランツ　え……!?

男2　おまえは自分でもわからないうちに（罪を犯した、そのこと自体がすでに罪だと言っているんだ）

裁判長　静粛に！

男2　……。

以降、裁判長は、何故か男2が何かを言う度に、ことさら厳しいのだった。

男１　原告は前へ出て証言をお願いします。
声　はい。

フェリーツェ、ミレナ、ドーラ、オットラが現れた。

フランツ　フェリーツェ！　ミレナ！　ドーラ！　オットラ！
男２　勝手な発言は慎むように、
裁判長　静粛に！
男２　……。
男１　原告は証言をお願いします。
四人　はい。（一斉にまくしたてるように証言を始めるので）
男１　（制して）ハイハイ一度に喋《しゃべ》らない一度に喋らない。
男２　発言は順番に（お願いします）。
裁判長　（男２に）静粛に！
男２　……。
裁判長　一人ずつ喋りなさい。
フェリーツェ　はい。（と、手を挙げた）
男１　はい。（と、指した）
フェリーツェ　フェリーツェ・バウアーです。フランツ・カフカは自分が作家であることをカサに、

フランツ　女性を蔑視《べっし》しています。
フェリーツェ　フェリーツェ……！
男1　私は二度婚約を破棄されました。一度ならず二度です。一度めのあとに二度めがありました。まず一度めがあって、次に二度めです。あげくの果てには、二度婚約を破棄されたのです！
フェリーツェ　一度言えばわかります。
男2　でしょ！　なのに二度も！
裁判長　そういうことじゃない。
フランツ　静粛に！
（本人に対して弁明するように）仕方がなかったんだ！　君を愛していた。君こそ支えになってくれる人だった。だけど、君との結婚生活の中で小説を書き続けていく自信がどうしてももてなかった。
裁判長　小説？　被告は小説家ですか。
男1　裁判長。八百部出して三百部しか売れてません。
フランツ　関係ないだろう！
裁判長　小説家とは認めません。
フランツ　え⁉
フェリーツェ　自分の小説以外は一切何も読むなと強制されました。
フランツ　強制なんか……（否定しきれず）ただ僕は僕の本を認めてほしかっただけだよ！　た

男1　しかに僕の書くものなんか無価値かもしれない……だけどそれが僕なんだ……！　僕の小説こそが僕なんだ……！　無価値な人間にだって人を愛する権利はあるはずだ！
フランツ　（さっぱり理解できぬという風に裁判長に）何を言ってるんでしょう。
裁判長　！
フランツ　被告は、減点3！
男1　え？
男2　まだ甘いくらいだよ。
裁判長　感謝、（と言いかけて、裁判長の方を見た）
男2　（今度は何故か咎《とが》めない）
裁判長　（ので）感謝するんだな。（減点3で済んで）
フランツ　（呆《あき》れ果てた風で）静粛に！
　ちょっと待ってくれ！　これはなんなんですか！　あなた方本当に役人なのか⁉
男達　（男二人に）あなた方の服装はとても制服には見えないし、この人に至ってはこれどう見たって医者じゃないか。
ミレナ　（ひどく焦って顔などを見合わせた）
男達　ハイ。（と手を挙げた）
ミレナ　ハイ。（と、指した）
　ミレナ・イェセンスカです。翻訳家をやってます。私は夫のある身ですが、フランツ・カフカにたぶらかされ、いらぬ家庭不和を招きました。

フランツ　ミレナ……！
ミレナ　毎日のように手紙が来ました。「愛している」「愛している」「愛している」！
フランツ　愛していたんだ！
フェリーツェ　（わっと泣いてしゃがみ込んだ）
男1　二股《ふたまた》です。
フランツ　（男1に）時期が全然違うんだよ！　ミレナに出会った時にはフェリーツェはもうとっくに結婚していた！　夫がいたんだ！
ミレナ　私にだっていました。
フランツ　君は手紙に書いてくれたじゃないか！「夫のことが好きだけれど、あなたのことも愛している」って！
ミレナ　「あなたのことも」の「も」が気に入らないといって幾度も手紙でなじられました。
男1　これが問題の「も」です。

男2、「も」と書いたパネルを提示。

女達　も！（と、嘆いて）
フランツ　なじってなんかいないだろ！　さびしいって書いたんだ。君は御主人に何人も愛人がいることを知りながらそれに耐えていた。僕はそんな君を見ているのがつらかった。力になれるものならなんでもしてあげたいと思った。本当だ。しかしその一方で、君の御主人に嫉妬《しっと》せずにはいられなかった。激しい怒りも覚えた。君は手紙に「さびしい」と書いてきた。だから「僕もさびしい」と書いた。

男1　また「も」です！　僕もさびしい。

女達　も！

フランツ　もなんてどうだっていい！

女達　どうだって……!?（絶句）

男1　（わっと泣いた）

裁判長　何故君が泣く！

ミレナ　あれほどまでに執拗《しつよう》に、幾度も幾度も、変質的に書かれていた求愛の言葉は、ほどなく拒絶の言葉に変わりました。「僕達が共に暮らすことなんてありえない。同じ住居で体を寄せ合い、同じテーブルにつくことは決してない。同じ町に住むこともありえない」

男1　もだ！

女達　も！

フランツ　身を引いたんだよ僕は！　よく考えてみてくれ、君がそれを望んだんじゃないか！

ミレナ　フランツ・カフカは私を弄《もてあそ》ぶだけ弄んだあげく、手足をひきちぎるように、首をもぎとるように、頭から石油をあびせて火をつけるようにして主人のもとにつっ返したのです！

フランツ　そんな……！　誤解だよミレナ、誤解だ！

オットラ　はい。（と、手を挙げた）
男達　はい。
オットラ　オットラ・カフカです。（と言うや否や、わっと泣いた）

男達、戸惑った。

フランツ　オットラ……！　何故泣いてる……⁉　泣くようなことなんか何もないじゃないか……！

オットラ、なおも泣き続けている。

フランツ　妹は病気なんです。精神的に、少し不安定なところがある。あんた達がこんなところに引っ張り出してきたから混乱してしまったんだ！
ドーラ　はい。（と、手を挙げた）
男達　はい。（と、指した）
ドーラ　ドーラ・ディアマントです。二年前に、フランツ・カフカにほぼ無理矢理交際を申し込まれ、以来、結核の看病を強制されています。
フランツ　ドーラ……！
ドーラ　喉《のど》が痛い、眠れない、あれがほしい、これがほしい、腹がへった、やらせろ、背中が

フランツ　かゆい、やらせろ、なんか面白いこと言え、この国の政治はなってない、酒もってこい、暑い、寒い、なぁんかちょっとあれなんでなんとかしろ、咳《せき》が出て苦しい、パイロットになりたい、君と結婚したい、愛してる、死にたくない、生きてても仕方がない、やらせろ、やらせろ、やらせろ、やらせろ、やらせろ、もうとても身がもちません！

オットラ　何を言ってるんだ！　俺はそんなこと（一度だって）、

フランツ　（遮って）兄は昔からそうなんです。家族の中ではいつも厄介者でした。

オットラ　オットラ！

父も母も、二人の姉達も、兄のことをとても恥ずかしく思っていました……。兄の病気が結核で、あといくらも生きないと聞いて、みんなとても喜びました。みんなでお祝いをしたんです。「やっとわが家から疫病神がいなくなる」、そう言ってみんなで笑ったんです。

皆、笑った。

フランツ　やめてくれ……。

オットラ　兄のことはみんなすぐ忘れてしまうでしょう。兄の身勝手に苦しめられ、傷ついたみなさんにも、ようやく安堵《あんど》できる日が来るんです。

フランツ　（絶叫して）やめてくれ!!

ドーラと男1、2、裁判長以外の皆、笑いながら去っていった。

フランツ　待ってくれオットラ！　ミレナ！　フェリーツェ！　こんな気持ちで死にたくないよ！　お願いだ許してくれ！　みんながそんな風に思ってるなんて今の今まで全然知らなかったんだ！　本当だよ！　待ってくれ！　放せ！　放せ！　いやだまだ死にたくない！　放せ！

男1と男2が、フランツをベットに押さえつけ、裁判長は医者になる。医者、フランツの腕に鎮静剤を注射した。
フランツ、おとなしくなる。男1、2は去った。
照明が変わると、そこはフランツが入院しているキーアリングのサナトリウム。

医者　これでまたしばらくは落ち着くと思うんだが……。鎮静剤にモルヒネを使うとどうしてもね……いやな夢や幻覚を見る……。かといって苦しませておくわけにもいかんからね……。
ドーラ　はあ……。
医者　御両親は？　お見えにならないんですか。
ドーラ　心配かけたくないと言って……もうすぐここを出られるからと書いた手紙を……。
医者　(首を振って）あなたから本当のことを伝えてあげた方がいい。あるいは先日見舞いに

ドーラ　いらしてた……あれは妹さん？

医者　ええ、オットラさん……。

ドーラ　彼女からでもいいから……。綺麗《きれい》な人だね……。

医者　そうですね……。うん……綺麗な人だったよ……。廊下で見かけたんだけどね……それが、窓から外を見ながら泣いてるんだな……涙を拭こうともしないんだ……ハンカチを渡してやろうかとも思ったんだが……私その時便所で手洗って拭いたばっかりだったからね、湿ってるんだ。まあ渡しちまえばわからなかったのかもしれんが……。結局声もかけられなかった……。うん、綺麗な人だった……可哀想《かわいそう》にな……。いや、君だって綺麗だよ。

そう言うと、あろうことか、医者はドーラにキスしようとするので、

ドーラ　（ものすごく驚いて）なにするんですか！

医者　うん。そうじゃないんだ。

ドーラ　なにが！（と言って、フランツを気にした）

医者　（叱《しか》りつけるように）ちょっと慰めてあげようとしただけじゃないか。

ドーラ　え⁉

医者　見てみたまえ、彼はもう死ぬ。（と言うと、やにわに抱きつこうとした）

ドーラ　放して！　放して！

医者　（苦しむ）
ドーラ　（逃れて）出てってください！
医者　永年医者をやってるとわかるんだよ。
ドーラ　出てってください！
医者　（不意に）許してもらえなかったんだろ、お父さんに、結婚。
ドーラ　……え⁉
医者　可哀想に。
ドーラ　見たんですか手紙！
医者　あったからね。
ドーラ　かばんの中ですよ！
医者　君はヘブライ語ができるんだね。あの、聖書、ヘブライ語だろ。
ドーラ　いいから出てってください！
医者　信仰は大切だ……うん……こんな御時世ではなおのことね……いやな世の中だ……人々はほんのわずかなものを手に入れるために、長い行列を作って何時間も並んでいる……タチの悪い病気が流行《はや》っても今の医学にはなす術《すべ》もない……。

医者、そんなことを言いながら白衣を脱いだ。

ドーラ　なんで脱ぐんですか⁉

医者　（ベルトをゆるめながら）店からは食料も石炭も姿を消した……。
ドーラ　ちょっと！
医者　寒い部屋の中で病人達が飢えている……。（と、ズボンを下げた）
ドーラ　誰か！　誰か！
医者　神だけが頼りだよ。
フランツ　（目を覚まして）んん……。

医者、慌《あわ》ててズボンも上げずに白衣だけ羽織った。

医者　（余裕あり気に）目を覚ましたかね。
ドーラ　（声をひそめて）ズボン！
医者　！

しかし、ズボンを上げきる前にフランツが医者を見たので、医者は思わず手を離し、ズボンは再びズルズルと落ちた。

フランツ　（そのことは意に介さず、ドーラに）今、君叫んでなかった？
ドーラ　うん、あんまりうなされてたから。
フランツ　ああ……たて続けにいやな夢をみた……（苦笑して）裁判を受けててね……。

ドーラ　裁判？

フランツ　うん。（医者に）ホフマン先生が裁判長でしたよ……。

医者　（再び、上げていたズボンから手を離して）ああそう。そういったこともあるかもしれんね。

フランツ　ええ……。

フランツ、朦朧《もうろう》としているからなのか、ズボンのことはまるで気づいていないようだった。

フランツ　（ドーラに）今何時？

ドーラ　（聞いてなかったので）ああそう。

フランツ　え？

ドーラ　え？

雨の音。

フランツ　雨ですか？

医者　（やはり聞いておらず）なるほどな。

フランツ　え？

医者　ん？
フランツ　駄目だ、なんか朦朧としてる……。
ドーラ　仕方ないわ。
医者　うん。薬をあれすると、どうしてもね。
ドーラ　うん。

医者、ようやくズボンを上げきることに成功した。

医者　しかしだいぶ良くなってるよ。顔色も悪くないし、先週の検査の結果でも喉に良好なきざしがみえる。
フランツ　（素直に喜んで）そうですか。
ドーラ　よかったね。
フランツ　ああ……（医者に）退院したら、パレスチナへ行って、ドーラとレストランを開くことにしたんです。
医者　ほう、そりゃいい。
フランツ　ええ。僕は給仕をやります。ドーラが料理を作る。彼女、とても料理がうまいんです。
医者　小説は？　もう書かないんですか？
フランツ　書きますよ。（笑顔のまま、きっぱりと）ただ、それで食っていこうとは思ってません。
医者　そう……ぜひ今度、読ませてもらいたいな。

フランツ　いや、やめておいた方がいいですよ。
ドーラ　どうして、（医者へ）素晴らしいですよどの小説も。
フランツ　（笑顔のまま）嘘つけ。
ドーラ　嘘じゃないじゃない。
フランツ　城に向かって延々歩いてるだけの話を楽しめますか？
医者　城？
フランツ　僕自身、匙《さじ》を投げたとりとめのない未完の小説です。ある村に測量士がたどり着く。城に呼ばれてやってきたんです。
医者　測量士。
フランツ　ところが城に問い合わせても、測量の仕事を頼んだ覚えはないと言われる。男は今さら帰るわけにもいかず、城に向かって歩き始める。たえず城を見ながらひたすら歩く。ところが、いつまでたっても城にはたどり着かない。近づいても近づかない城の話です……。
医者　（じっと聞いていたが）うん、では。
フランツ　ええ。

と、歩き出した医者のズボンがズルズルと下がってゆく。医者、何事もないかのように歩いていくが、どうしたって歩きにくい。

少しの間。

雨音――。

ドーラ　あとで町へ出てくる。果物の配給があるんだって。
フランツ　へえ。
ドーラ　何が食べたい？
フランツ　そうだな……。

その瞬間、ドーラが、先ほどの夢の中のドーラになったように見えた。

ドーラ　（鬼のような形相で）あれが食べたい、これが食べたい。
フランツ　え？
ドーラ　（元に戻っていて）え？
フランツ　（混乱して）いや……なんでもない……。
ドーラ　あたしはねえ、イチゴがいいな……モモは？　モモ、平気かな、喉。
フランツ　まかせるよ。
ドーラ　嘘、イチゴばっかりになっちゃうぞぉ。（笑った）リンゴが食べたいって言ってたね。
フランツ　すってあげるよリンゴ。
ドーラ　（笑わずに）ドーラ。
フランツ　はい？

フランツ　……。
ドーラ　ん？　何？
フランツ　いや……。
ドーラ　（笑って）なによ。へんなの……。校正、終わったの？
フランツ　ああ、もう少しで終わる。
ドーラ　すごいね、もう一冊の方も今ブロートさんが出版社探してくれてるんでしょ？　決まったら二冊連続で刊行。
フランツ　無理だと思うけどねあっちは。万に一つうまくいったとしてもその頃もう俺は……。
ドーラ　（笑顔が消えて、見ている）
フランツ　嘘嘘。冗談。
ドーラ　治らないと思ってたら治るものも治らない、出版されないと思ってたら出版されるものも出版されない。ね、『城』の主人公だってそうよ、城にたどり着けないと思ってるからたどり着けるものもたどり着けない。
フランツ　（冗談めかして）あらら、結論出されちゃったよ。
ドーラ　（フランツに甘えるように抱きつき）治そうとして。
フランツ　……うん。

隣室の入院患者がやってきてパジャマ姿で立っていた。

ドーラ　あ！（と、慌てて離れた）
入院患者　出直します。（と、行こうとした）
ドーラ　（赤面しつつ）いいんですよ、どうぞ。
入院患者　そうですか。
ドーラ　どうぞどうぞ。いつもすいません。
入院患者　いえ、散歩がてら渡すだけですし、全然。でまた喜ぶんだあのコが。
ドーラ　あたし洗濯物見てくる。
フランツ　うん。
入院患者　すみませんねなんか。
ドーラ　いえ、フランツも今日は調子いいみたいですから。ね。
フランツ　ああ。

ドーラ、去った。

入院患者　（ドーラの去った方をじっと見ながら）そうですかそれはよかった……。いいですねやさしい奥さんで。
フランツ　妻じゃありません。
入院患者　ああ、失礼。わかってて言っちゃうんだ。（椅子《いす》に腰掛けながら）よっこいしょういちと……（照れたように笑い）なんだろうヨッコイショウイチって……。まあいいか

フランツ　……いやあ「治らないと思ってたら治るものも治らない」か、勉強になるなあ……まあ、治ると思ってても治らないものは治らないんですけどね……。……。
入院患者　いや、僕のこと僕のこと、オイラのこと。いいなあ、治療の成果がかんばしい人は。
フランツ　かんばしくなんかないですよ。
入院患者　んん、どうなんだろうそう言われちゃうとそれはどうなのかわかりませんけど。
フランツ　あんな医者に病気が治せるわけがない。
入院患者　おっ猛毒。
フランツ　自分のズボンが足元まで下りてることにも気づかない医者ですよ。
入院患者　ホフマン先生⁉
フランツ　女性の前で恥かかすのも可哀想なんで言わないであげましたけど。
入院患者　うーん。ありますね、ありますあります……って何があるんだろ。（と、身勝手に爆笑）じゃあ、受け取ります。
フランツ　ああ、
入院患者　あ、取ります、いつものとこでしょ。
フランツ　ええ。すみませんね、いつもいつも。
入院患者　いえいえ、おいらは渡すだけっスから。（と、机の引き出しから封筒を出して）書く方がよっぽど大変でしょう、読んでないからどれだけあれなものなのかは知りませんけど。もう何通めですか。七通め？　八通め？

フランツ　そのくらいですか。
入院患者　私があれする前にも直接渡してたのがあるわけでしょ。
フランツ　ええ、ドーラに行ってもらったことも何度か。
入院患者　じゃあとうに十通超えてるじゃないですか。エライなあ……。（封筒を見ながら）住所まで書いて。これフランツさんの住所ですか？　本当の。
フランツ　ええ。差出人の住所が書いてないのは失礼だと言われましてね。僕のアパートの住所を。
入院患者　へえ……切手まで貼って。

雨の音、強まる。遠雷。

入院患者　このくらいの雨なら全然平気で来ますからねあのコ。
フランツ　すみません雨の中。
入院患者　だから、楽しみなんですって。じゃ、行ってくるかな。
フランツ　よろしくお願いします。
入院患者　はいはい。腹へったな。
フランツ　（呼び止めて）あ、すみません。
入院患者　はい？
フランツ　一番下の引き出しから、原稿とペンを取って頂けませんか。

入院患者　あ、はいはい。原稿とペンね。
フランツ　すみません。
入院患者　いえいえ、ま、自分で取れると思ってないと取れるものも取れないっていうのはありますけどね。原稿とペン原稿とペン、（と、別のものを出して）あ、これはタオルと水差しだ、全然違った。（と、爆笑して）ハイ、原稿とペン（と、出し）これですね。

入院患者、原稿の束を差し出した。

入院患者　新作ですか。
フランツ　ええ、まあ。
入院患者　（読んで）断食芸人。なんかやだな腹へってるのに。
フランツ　すみません。
入院患者　いえいえ。なんか「食うな」って言われたみたいで。
フランツ　いえいえ、食ってください。
入院患者　はい。じゃあ。（去りつつ）断食芸人、金色夜叉《こんじきやしゃ》、どんじり……びゃくしょう。なんだどんじりびゃくしょうって。（とかなんとか）

雨の音。
フランツ、原稿にペンを入れ始める。

別の空間に、ミレナが原稿を読みながら現れた。

ミレナ　「まだ断食をしているのかい？」と監督がたずねた。「一体、いつになったらやめる気かね？」。

さらに別の空間に明かりが入ると、オットラとフェリーツェが向かい合って座っている。

オットラ　（どこか威圧的に）ですから兄がどんな生活をしているのか、何を食べているのか、絶えず気にかけてあげてほしいんです。日に何度食べているのか、どんな風に一日を暮らしているのか。このままだとあの人、病気になってしまいます。

フェリーツェ　できるだけのことはしてみますけど……。

オットラ　（きっぱりと）お願いします。家族と離れて暮らすようになってから、あの人、なんだかみるみる顔色が悪くなってきてるような気がするんです。

フェリーツェ　だけどあたしは手紙のやりとりがほとんどだから……。

オットラ　なんでも報告し合ってるそうじゃないですか。二日か、少なくとも三日に一度は手紙を出してるって言ってました兄が。

フェリーツェ　うん。量は、すごい。

オットラ　え？

フェリーツェ　追いつけないくらいのスピードで次から次へと来るわ。この前久し振りに会った時も、

オットラ　私の目の前でずっと私への手紙を書いてるの。ちょっと話しかけたら「今、いいところだからちょっと静かにしてくれないか」だって。なんにもやることないから、仕方なく私もあの人への手紙を書いてた。（笑った）

フェリーツェ　（ニコリともせず）泣き事が多いんじゃないですか？

オットラ　え？

フェリーツェ　兄の手紙。

オットラ　ああ。

フェリーツェ　もっぱら慰め役でしょ、フェリーツェさんは。

オットラ　（おどけるように）か、叱られ役かなあ。

フェリーツェ　（真顔で）ああ。

オットラ　（あまりのリアクションのなさに困惑しつつ）うん。

フェリーツェ　駄目ですか？

オットラ　え？

フェリーツェ　兄。結婚して頂けますか？

オットラ　うん。だからそりゃ、一応そういうことになっているし。

フェリーツェ　（念を押すように）本当に大丈夫ですか？

オットラ　だと思いますけど。え……。なんか審査受けてるみたい。（と、笑った）

フェリーツェ　すみません。

オットラ　（苦笑して）いや。いいんだけど……。

オットラ　心配なんです……あの人、本当だったらとうに生きてない人だと思うから。
フェリーツェ　え……。
オットラ　（フェリーツェを見つめ、強く）よろしくお願いします。
フェリーツェ　はあ。
オットラ　本当に。
フェリーツェ　（釈然とせぬまま）……こちらこそ。

明かり消え、再び、原稿を読むミレナが浮かび上がった。

ミレナ　（読み上げて）断食芸人は小さい頭をちょっともたげ、接吻《せっぷん》のために尖《とが》らせたような唇をして、まっすぐに耳の中へと囁《ささや》いた。
フランツ　「私には、自分の口に合った食べ物が見つからなかったんだ。それを見つけられていたら、きっと、必ず、世間を騒がせることもなく、あんたやみんなと同じに、腹一杯食べていただろうに」

フランツ、原稿から目をあげた。
作業が終わったのか、そのまま、しばらく物思いに耽《ふけ》るような――。
ミレナの空間には、彼女の夫であるユールンスト・ポラック氏が現れると、しばらく、原稿を読むミレナをじっと見ていた。

ポラック　(不意に) 訳すのか、それも。

ミレナ　(はじかれるように原稿から目をあげて) ……と思ってるけど……彼の校正が終わったら……。

ポラック　(笑顔ではあるがどこか刺々《とげとげ》しい口調で) 彼のね。断食芸人って題材からしてすでに売ってくれるなって言ってるようなものだと思うがね。違うか?　そうじゃないか?　違うか?

ミレナ　(やっと作ったような笑顔で) あたしは傑作だと思うけど。

ポラック　へえ。すごいな。思い入れの力っていうのは……え?　思い入れの力っていうのはさ。

ミレナ　……。あなた、お食事は?

ポラック　食ってきた。断食芸人には申し訳ないけど。食ってきた。断食芸人には申し訳ないけど。

ミレナ　(苦笑して) なんで二回言うんだろう。

ポラック　大体断食芸人ていうのはあれ芸人て言えるのかね?　食わないだけだろ。

ミレナ　(あいまいに) ……そうね。

ポラック　(真顔になり、何故か突如大声で) うん。あれ芸人て言えんだろ。食わないだけなんだから。

場は、奇妙な緊張感に包まれた。

ミレナ　でもホラ。四十日間も食べないわけだから。
ポラック　（笑顔に戻り）食ってんじゃないの本当は。
ミレナ　え？
ポラック　食ってんじゃないのかっていうんだよ。こっちは四十日間ずっと見てるわけにはいかないんだから。
ミレナ　見張りがつくのよ。
ポラック　見張りだって連日連夜片時も目を離さずに見張るなんてできっこない。つまりあれだ、断食が一点の疑惑もなしに続けられているなんて誰も断言できないわけだ。それができるのはただ一人、当の断食芸人だけだ。くだらん。だったら俺なら食うね。
ミレナ　……。
ポラック　（真顔で）食うよ俺なら。おまえの見ていないスキに……。
ミレナ　（夫を見た）
ポラック　（再び笑って）本気にするなよ。
ミレナ　してないわ。
ポラック　見舞いに行ってやればいいじゃないか。
ミレナ　え。
ポラック　えじゃないよ、わざとらしい奴だな。

ミレナ　何がよ。

ポラック　ウィーンだっけ？　結核だろ。もう長くないんだろ。

ミレナ　キーアリング。

ポラック　どこでもいいけどさ。行ってやればいいじゃないかって言ってるんだよ、最後くらいさ。行って、もう一度、なんだ、甘美な夢をさ、

ミレナ　やめてよ。

ポラック　バカ、死にゆくものへの最後の慈悲じゃないか、本気でどうこうってことじゃなくてだよ。そりゃもちろん、彼には、本気だと思わせなきゃ意味ないわけだけど。

ミレナ　（真顔で）もうやめて。

ポラック　なんだよ。冗談だろ。

ミレナ　だったらもっと冗談らしく言って。彼に対して、……もうそんな気持ちはまったくありません。

ポラック　（満面の笑顔で）わかってるさ……あたりまえじゃないか。……（と、ミレナの右手をとり、指を見て）ペンだこ……。

ミレナ　……。

ポラック　（ミレナにからみつきながら）よかったろ……もしあの時俺を捨ててあいつのところへ行ってたらおまえ、早々に未亡人だ……。（ミレナの指で数えあげる風に）一、二、……四年で未亡人になるところだよ……プラハで一人さびしく……たった四年で……。

雷鳴と共に暗くなる。

雨が急激に、異様なまでに強くなった。

明かりがつくと、ベッドからずり落ちるようにして死んでいるフランツを見つめるドーラが慄然《りつぜん》としていた。床には紙袋といくつかのリンゴが散らばっている。

後ろから例の入院患者がやってきて、事態に気づいた。

入院患者　……!?

雷鳴と共に再び暗闇。

雨音はそのままに、闇の中、自作の小説を読みあげるフランツの声が聞こえてきた。

フランツ　ある田舎の医者が、真夜中に往診を頼まれて出掛けていく。ベッドの中の少年は一見したところ健康そのもので顔色もいい。だが、あらためて見直して気がついた。右の脇腹、腰のところに、掌《てのひら》いっぱいほどの傷がパックリと口を開けている。薔薇色《ばらいろ》の大きな傷で、中心部は黒ずみ、まわりにいくほど明るい色をしている。いろいろな形の血の塊がこびりついている。よく見ると、小指ほどの大きさのうじ虫がむらがっている。虫の頭部は白く、たくさん足がある。医者は言った。「どうしようもない。おまえの大きな傷を見つけた」。

2

明かりがつくと、そこはフランツの勤務先だった保険局の一室である。質素な机が三つ並んでいて、そのうちの一つにゼリグ氏が座り、仕事をしている。その傍らでは掃除婦が掃除をしている。空《あ》いている机の一つには今にも枯れそうな粗末な花が二、三輪置いてある。

ゼリグ　あんまり速く歩くもんだからさ、ついていくのが大変で……。
掃除婦　あんなひょろっこい体して？
ゼリグ　速いんだよ。活動写真みたいに速いんだ。ま、たしかに下り坂だったっちゅうのはあるんだけど。

掃除婦、机の上の花に気づき、手に取って見ていた。

ゼリグ　そいでホラ、坂の途中に市電の停留所があるだろ。
掃除婦　ああ。（と、花を捨てた）
ゼリグ　ズンズン先行ってあそこで待ってたんだ俺のことを。でね、謝るんだよ。

掃除婦　なんて言って？
ゼリグ　「まるで私はゼリグさんを撒《ま》こうとしてたみたいだ」ちゅって。
掃除婦　へえ。
ゼリグ　「まあ、坂道だから足が速まるのもしょうがないよ」ちゅったんだけどね。そしたらあの人カフカさん、なんちゅったと思う？
掃除婦　え？　んん……、（一瞬考えて何か言おうとした）
ゼリグ　（遮って）「坂道だからというだけではないんです、実は、私の内部に斜面があるんです」ってこうだよ。
掃除婦　キチガイだ。
ゼリグ　キチガイだよ。
掃除婦　斜面、
ゼリグ　斜面だもん。それからなんちゅったと思う？
掃除婦　え？　……、（言おうとした）
ゼリグ　（遮って）「私は、球のように、静止の状態を求めて転《ころ》がります。これはおよそ、人間の平衡を失わせる、私の大きな弱点なんです」
掃除婦　もういいよ。
ゼリグ　だろ。それからなんちゅったと思う？
掃除婦　んん……、（言おうとした）
ゼリグ　私の内部の斜面は、

掃除婦　言わせなさいな！　なんちゅったと思う？　って聞くからあたしが言おうとするとペラペラペラペラ。
ゼリグ　ああ……。じゃあなんちゅったと思う？
掃除婦　（即答で）わかんないよ。
ゼリグ　わかんないんじゃないかよ！
掃除婦　わかんないよそんな、キチガイが考えることなんて。

ゼリグの部下にあたるらしい男が、質素な花瓶《かびん》を掲げて機嫌よく現れた。

部下　（ゼリグに）ありましたよ花瓶。
ゼリグ　あったか。
部下　ええ。経理課に。（と、花がないことに気づき）あれ？　花は？
ゼリグ　え？
部下　花。ここに置いといたんですよ。
ゼリグ　知らないよ。（掃除婦に）ねえ。
掃除婦　（あたかも本当に知らないかのように）知らない。
部下　ええ……。
ゼリグ　いいじゃないかそれだけでも。
部下　だけど、花瓶だけ置いても、

ゼリグ　何も置かないよりはずっといいよ。
掃除婦　うんうん。
部下　そうですかね。
ゼリグ　そうだよ。
掃除婦　そうだよ。

別の空間にフランツが浮かび上がった。

フランツ　マックス、最後に、これだけはどうしても聞いてほしい頼みがある。僕の書いた小説で活字になってないものは全部焼き捨ててくれ。一作残らず、もちろん未完成のものも含め、すべてだ。下書きも、清書も、メモも、全部。一文字たりとも残さずに。

さらに別のエリアに、手にしたフランツの遺言状を見つけるブロート。

ブロート　バカ言うな……。
フランツ　納得のいったものはどれ一つない。作曲家達はいいな、優れた作品だってことを自分で認めたものにだけ、作品番号を与えることができて。もし小説にも同じ習慣があったら、僕のも番号なしにするだけで済んだんだけど。
ブロート　ひきょうだよおまえは……こんな……自分は人の話を聞かなくていいところに行っ

フランツ　ちゃってから……。

青い八ツ折判ノート八冊と、大型の四ツ折判のが数十冊。すべて、ドーラが借りてくれたベルリンのアパートの一室に置いてある。机の引き出しにびっしり詰まっている。少々重いが、親友の最後の頼みだ我慢してくれ。アパートの鍵《かぎ》を同封する。

フランツ、消えた。

ブロート、遺言状から顔をあげた。

ブロート　……。

ブロート、去った。

ゼリグの部下、空いた机の上に花瓶を置いてみる。

部下　カフカさん……どうぞ、安らかにお眠りください……へんじゃありませんかね。

ゼリグ・掃除婦　全然。

部下　……。わたしは知る……わたしをあがなう者は生きておられる……のちの日に彼は必ず地の上に立たれる……わたしの皮がこのように滅ぼされたのち、わたしは肉を離れて神を見るであろう……主よ、あなたは世々われらのすみかでいらせられる……山が

ゼリグ　まだ生まれず、あなたがまだ地と世界とを造られなかった時、とこしえからとこしえまで、あなたは神でいらせられる……あなたは人をちりに帰らせて言われます、「人の子よ、帰れ」と……。魂よ、生命の樹に結ばれたまえ……。

部下　（見ていたが、不意に掃除婦に）へんだなやっぱり。

掃除婦　え。

部下　へんよ。

へんなんじゃないですか。さんざん祈っちゃいましたよ。

昼休みのベルが鳴った。

部下　（とたんに嬉しそうに）あ。

ゼリグ　よし、飯。

三人、去った。

風景変わって、そこはベルリンの、フランツのアパート。

やってきたブロート。

手には、原稿を入れるためなのだろう、大きめのバッグ。

部屋は暗く、外からの月明かりでようやく足元が見渡せる。

壁には、フランツの背広がかけられている。

ブロート　……。

部屋の明かりをつけるブロート。

電灯が切れそうなのか、あるいは接触不良なのか、明かりが明滅し、小さくバチバチッというノイズが続く。

ブロート　……。

ブロート、軽く部屋を見回す。古びた机が闇の中にぼんやりと浮かび上がった。ブロート、バッグのフタを開け、机に歩み寄ると、引き出しの一つを開けた。

中には何もない

ブロート　？

ブロート、次々と別の引き出しを開けた。原稿はどこにもない。

ブロート　!?

と、その時、突然、壁にかかっていた背広がゆっくりと動き出す。まるで生きているかのように、あたかももんどりうっているかのように――。
明かりの明滅が激しくなり、ノイズが大きくなる。

ブロード　！

やがて明かりは明滅を止め、音も消えた。
背広ももう動いていない。

ブロート　……。

と、そこへ、声。

声　誰かいるの⁉

ブロート　⁉

ドーラ、続いてオットラが現れた。

ドーラ　（ブロートを発見し）ブロートさん……。
ブロート　こんばんは。
オットラ　（一礼）
ブロート　（オットラに）やあ。
ドーラ　どうしてここにいらっしゃるの？　鍵は？　フランツから？
ブロート　うん。よかったよ、来てくれて。
ドーラ　（開いて置かれているバッグを見た）
ブロート　ノートをね。
ドーラ　ノート、フランツの？
ブロート　うん。
ドーラ　出版するんですか？
ブロート　うん、いや、そうじゃないんだけどね。
ドーラ　出版してあげてください。
ブロート　うん、そうなんだよ。そうなんだけど、いや、とりあえず読んでみようかと思って。
ドーラ　ええ。
ブロート　うん。君達は、今日は。
ドーラ　荷物を整理しに。
ブロート　ああ。
ドーラ　ここも今月いっぱいで引き払うことになったんで……。いくつか、彼女に渡したいものもあって……。

ブロート　そう……。

オットラ　匂い……。

ブロート　え……。

オットラ　兄の匂いがする……。

ブロート　……。

ドーラ　……本当は、なんだかこわいんです、一人でここに来るのが……ここに来て、フランツの使っていたものを眺めていると、彼がまだ生きているような気がしてきて……。

ブロート　……。

ドーラ　ノートですよね。

ブロート　うん、どこかな。

ドーラ　その机の引き出しに。

ブロート　ないんだよ。

ドーラ　え。そんなハズ……。

ドーラ、引き出しを開けてみるが、やはり何もない。

ドーラ　おかしいわ……。

オットラ　(不意に) 兄が処分したんじゃないかしら。

ドーラ　え。
オットラ　読まれたくなくて。
ブロート　（思わず強い口調で）それはない。
オットラ　どうして？
ブロート　いや、（口ごもる）
オットラ　どうしてわかるんです？
ブロート　……なんとなく……。
ドーラ　あの人が自分でそんなことするわけないよ。
ブロート　ないない。
オットラ　今まで出した本だって全部買い占めて焼き払いたいって言ってたわ。
ドーラ　言うのよ。だけど、本当にそう思ってたわけじゃないと思う。
ブロート　（自らに言い聞かせるように）そうだよな。そうだよ。
オットラ　そうかしら……。
ブロート　そうだよ。
オットラ　……。
ドーラ　でも、どこ行っちゃったのかな。
ブロート　他に、このアパートの鍵を持っている人は？
ドーラ　んん……大家さん以外にはいないと思いますけど……。

別のエリアに大家夫婦が現れた。見るからにガサツそうな夫婦である。
ドーラとオットラは去り、ブロートはそちらのエリアへ移動した。

ブロート　大切なものなんですよとても。
大家・妻　そうですか。まあまあどうぞどうぞ。
ブロート　はあ。お邪魔いたします。
大家・妻　（ゲーム板を手にしてやってきた夫に）あんた、カフカさんのお友達。
大家・夫　カフカサ？
大家・妻　カフカさん、ほら、ひょろ長くて陰気な。
大家・夫　ああ、死にそうな。
大家・妻　死んだんですって。（ブロードに）ね。
大家・夫　バカ、聞こえるよ。
大家・妻　え？（ブロードに）どうぞどうぞ。（と、椅子をすすめた）

ブロート、座った。

大家・妻　（夫に）あんた中入った？　カフカさんの部屋。
大家・夫　入らんよ。（それより、妻に、ゲームを）やらんのか。
大家・妻　だってあんたお客様、

ブロート　いえ、だったらいいんですよ。失礼します。
大家・夫　（ブロートに）やらんか。
ブロート　え。
大家・夫　ちょっとしたゲームだよ。
ブロート　いや、ゲームは。
大家・妻　（奥に向かいながらブロートに）ビールでいい？　それともウォッカ？
ブロート　あ、いや、
大家・夫　ヤモリ酒だ。ヤモリ酒二つ。
大家・妻　ヤモリ酒ね。（行ってしまった）
ブロート　（奥へ）いや奥さん。
大家・夫　（突如語気荒く）俺の女房だ！
ブロート　（驚いて）わかってますよ……だから、（奥へ）御主人の奥さん。
大家・夫　（ゲームを）やろう。
ブロート　え。
大家・夫　すぐ終わる。簡単なゲームだよ。サイコロを振って出た目の数だけ進みゃあいい。
ブロート　はあ……。ですか、
大家・夫　時間あるんだろ。
ブロート　ええまあ、あると言えばありますが。
大家・夫　あると言え。

ブロート　……はい。
大家・夫　言え。
ブロート　ある。
大家・夫　（とたんに上機嫌で）ハハハハハ！　よし、俺から。
ブロート　（気乗りしないまま）じゃあ一ゲームだけ。
大家・夫　（サイコロがないことに気づき、キョロキョロして、ブロートに）サイコロは？
ブロート　いや私は知りませんよ、ないんですか？
大家・夫　（すごい剣幕で奥に）おい！

妻、なみなみとつがれたヤモリ酒を両手に持って現れた。

大家・妻　なによ。
大家・夫　サイコロは。
大家・妻　知らないわよ。ないの？
大家・夫　あったら聞かねえよ。
大家・妻　（その言葉は聞かず）どうぞ。（と、グラスを置く）
大家・夫　（さらにすごい剣幕で）あったら聞かねえって言ってんだよぉぉぉ！
大家・妻　（突如大声で）聞いてるわよぉぉぉ！　るさいなあ……！
大家・夫　じゃあこれでいい。

大家・夫、妻の服のボタンをむしり取った。

大家・妻　あ！
ブロート　あ。

大家・夫、サイコロを振るようにして、ボタンをゲーム板の上に転がした。

ブロート　……。
大家・夫　（8つか9つ、コマを進ませて）ゴール。
ブロート　もうゴールですか。
大家・妻　（ボタンのとれたとこらを気にして）ったく……。
大家・夫　（ヤモリ酒を飲み、うまそうに）ああ！（ブロートに）飲みなよ。
ブロート　（飲まないわけにもいかず）頂きます。（飲んで、思いのほか強かったらしく）うっ！
大家・夫　ほら、あんたの番だよ。
ブロート　（クラクラしていた）
大家・夫　ホラ！（と、ボタンをブロートに）
ブロート　え、だって、ゴールしたんでしょ。（あなたの）勝ちじゃないんですか？
大家・夫　あんたがゴールしないことにゃ終われないだろう。

ブロート　ああ、そういうもんですか……。
大家・夫　そりゃそうだよ。

ブロート、ボタンを転がした。

ブロート　(よい目が出た風に) あ。

ブロート、微笑《ほほえ》みながらコマを進ませるが、何故かコースは曲がり、ゴールしない。
大家・夫、覗《のぞ》き込み、見てられんという風で。

大家・夫　ああ、ああ。
ブロート　……。

ブロート、どうすべきなのか困惑した。

ブロート　……もう一度振るんですかね。
大家・夫　そりゃそうだよ。(と、呆れたように妻と顔を見合わせた)
ブロート　……。

ブロート、再度ボタンを振った。
よい目が出た様子。
だがコースは再びねじ曲がり、ブロートのコマはコースからそれた。

大家・夫　(ポツリと)なにやってんだよ。(と、酒をあおる)
ブロート　……。

音楽。

ブロート　(観客に)何度やっても堂々巡りで、私のコマはいっこうにゴールする様子がありませんでした。大家の夫婦は目に見えて機嫌が悪くなっていきます。そのうち、
大家・妻　(ひどく不機嫌に)あたしもう寝ます。

大家・妻、去った。
大家・夫、ブロートをにらむ。

ブロート　(愛想笑い。で、すぐ観客に)酒のせいで頭がクラクラします。大家が忌々《いまいま》しげに私をにらんでいます。ノートを探さなければ。なんとしてもノートを見つけ出さなければ。

そうは思いながらも、私はどうしたらよいのかわからなくなっていました。ただひたすらボタンを転がし、決してゴールにたどり着くことのないコマをあちこちと動かしているうちに、意識は朦朧となり、目の前は次第に暗くなっていったのです。

ブロート、眠り込んだ。

大家・妻が呼んできた風に、〝おじき〟と呼ばれる、なにやら屈強そうな男が現れた。

大家・夫　おい！　起きろ！

ブロート　んん……。

大家・夫　んんじゃねえ！　起きやがれ！

ブロート　（ようやく目を覚まして）あ……おはようございます。

大家・夫　返せよ。

ブロート　え？

大家・妻　知らばっくれるんじゃないわよ！

ブロート　何がですか。

大家・夫　おじき。

おじき、無言でブロートに歩み寄る。

ブロート　な、なんですか……。

　　おじき、ブロートをはね飛ばした。

ブロート　なにするんですか！
大家・妻　さっさと出せ！　サイフ！　通帳！　手形！
ブロート　何を言ってるんですか、私は、
大家・夫　おまえ以外に盗《と》る奴ぁいないんだよ！
ブロート　濡《ぬ》れぎぬですよ！
大家・夫　おじき。

　　おじきが近寄るので、

ブロート　待ってくださいよ！　そんなに疑うんだったら調べてくださいよ！　ほら！　ポケットの中でもどこでも！　なんにもやましいものは……。

　　ブロートのポケットには何故か、見たこともないサイフが入っていた。

大家達　……。

ブロート　なんだこれは。
大家・妻　お金に困ってるのならそう言えば恵んであげたのに！
大家・夫　これは女房の考えだ！　俺は恵んでやらん！
大家・妻　ケチンボ！
大家・夫　うるせえ！
ブロート　何かの間違いだ！
大家・妻　早く全部出せ！
ブロート　だから私は何もああ！（と、続々出す）あ、これは自分のだ。
大家・夫　バカヤロー！（と、ブロートのサイフを奪った）
ブロート　あ！
大家・妻　（すべて奪って）恵んであげたのに！
大家・夫　恵まねえって言ってんだろ！　おじき！（と、おじきに、妻を指した）

おじき、大家・妻の首を絞めた。

大家・妻　ぐわあああ！
ブロート　あんた……あんたなんてことを……！（と言いながらも、逃げることを選択した）
大家・夫　（逃げるブロートに気づき）あ！　おじき！

おじき、ブロートの方へ。

ブロート　（おじきに、大家・夫を指して）おじき。

おじき、大家・夫へ。

大家・夫　あ……！

大家・妻　（夫を指して）おじき！

大家・夫　あ、おめえまで！（妻を指し）おじき！

おじき、妻に向かった。

大家・妻　おじき！

大家・夫　おじき！

大家・妻　おじき！

大家・夫　おじき！

おじき、右往左往。

大家・妻　（夫に）おじき！

大家・夫　俺はおじきじゃねえ！（おじきがあらぬ方向へ向かっているので）おじきもどこ行ってんだ！

おじき　（混乱して）うおおおお！

大家夫妻、悲鳴をあげて退散した。

おじきも、そのあとを叫びながら追って去った。

ブロートが一人残され、そこはベルリンの街にある中華レストランになった。

ミレナが現れた。

ブロート　（ミレナに）申し訳ない、突然呼び出して。

ミレナ　んん。（否定の意）

ブロート　久し振り……。

ミレナ　久し振り……。

眼鏡をかけたチャイナ・ドレス姿のウェイトレスが来た。

ウェイトレス　いらさいませ。

ブロート　葬式には顔出すかと思ってたから。

ミレナ　うん……主人が……。
ブロート　ああ……。
ウェイトレス　こちらどぞ。

二人、案内された席に座った。

ブロート　プラハ日報に載った追悼文読んだよ……。よかった……。
ミレナ　ありがとう……。
ブロート　感動的だった……。
ミレナ　他の人のが素気《そっけ》なさ過ぎるのよ……。
ブロート　だよな……。
ミレナ　このまま忘れられちゃったら……ね……なんか、あまりにも残酷じゃない……？
ブロート　いや、あってはならないねそんなことは。もっと、これからもずっとあいつの書いた物は読まれてかないと。
ミレナ　そうね……。
ブロート　（ことさら強く）そうだよ。本当に……。

ウェイトレス、メニューを持ってきた。

ウェイトレス　なにするか。
ミレナ　（ブロートに）なにするかって。
ブロート　あのさ、呼び出しといてホンット申し訳ないんだけど、俺今日サイフ持ってないんだ。
ミレナ　え？
ウェイトレス　じゃあためよ。はい立ち上がる。はい帰ろう。はい帰ろう。

と、ウェイトレス、ブロートを追い払おうとした。

ミレナ　（ウェイトレスに）あたし払うから。大丈夫。あたし払います。
ウェイトレス　払うか。
ミレナ　払います。
ブロート　すまない。

と、そこへ別の客が、中国服のウェイターに連れられて現れた。

ウェイター　こちらどぞ。

と、ウェイターが案内した席がブロートの席だったので、客はそこへ座ってしまった。

ミレナ・ブロート　あ。
ウェイトレス　（ブロートを別の席へ）こちらどぞ。
ブロート　え……。

ブロート、仕方なく別の席へ。
それで、ブロートとミレナはかなり離れた席になってしまった。しかも、二人共、向かい合った席には見知らぬ客がいる。
ウェイトレス、何故か行ってしまった。

ブロート　……。（やけに友好的な眼差しで見つめながらスープを飲んでいる向かいの客を気にした）
ミレナ　（離れているので、大声で）どうしたの、
ブロート　（やはり大声で）え？
ミレナ　おサイフ。
ブロート　（大声で）ああうん、いろいろあって、すまない。今度会った時必ず返すから。
ミレナ　（大声で）いいわよ今日は、ごちそうする。
ブロート　（大声で）いや、そういうわけには。
ミレナ　（大声で）いいわよ。
ブロート　（大声で）……すまない。
向かいの客　（よかったねとばかりにうんうんとうなずいている）

ブロート　……。
向かいの客　（すぐ目の前のブロートに大声で）サイフゥ、落としたんですかぁ!?
ブロート　いいえ……。（ミレナに）それで、さっそくなんだけどね、
ミレナ　うん。
ブロート　（遠いながらも声をひそめて）ノート、預かってないかな。
ミレナ　ノート？
向かいの客　（ものすごい大声で）ノートォ!?
ブロート　（一瞬向かいの客を気にするが）フランツから。
ミレナ　ノートって？
ブロート　いや、未発表の、作品ノートなんだけど。
ミレナ　んん。（否定の意）
ブロート　（不安気に）そう……。
ミレナ　ないの？
ブロート　え、ああ、
向かいの客　大事なものなのぉ？
ブロート　うるさい。
ミレナ　なくなっちゃったの？
ブロート　いやきっと誰か持ってるよ。まだ全然あれだから。他をあたってみる。
ミレナ　うん。

向かいの客　それがいい。
ミレナ　『断食芸人』、訳してみることにした。チェコ語とフランス語に。
ブロート　そう。
ミレナ　もし未発表のを出版するならそれも読ませてねぜひ。
ブロート　もちろん、どう思う？
向かいの客　私？
ブロート　違う。
ミレナ　なにが？
ブロート　出版すべきだよな、遺稿。
ミレナ　そりゃそうよ。
ブロート　うん。
ミレナ　だってフランツから頼まれたんでしょ。
ブロート　え、
ミレナ　違うの？
ブロート　うん、まあ、そうなんだけど。
ミレナ　うん。
ブロート　うん。なにしてんだ店員。
ミレナ　あの店員、四年前にもいた。
ブロート　来たことあるんだ。

ミレナ　うん。確かあの時は眼鏡かけてなかった。

明かりがミレナの周辺に絞られ、そこは四年前の同じ店になった。ミレナの前にいた客はいなくなり、あの、アパートの一室にかかっていた背広と同じ物を着たフランツが現れて、ミレナの向かい（あるいは隣）に座った。

ミレナ　大丈夫なの？
フランツ　うん。平気。
ミレナ　病院行った方がいいよ。
フランツ　大丈夫。（と、言うなり大きく咳き込んだ）
ミレナ　大丈夫じゃないじゃない。（と、立ち上がった）
フランツ　大丈夫だよ。
ミレナ　血を吐いたのよ。大丈夫な人はあまり血を吐かないと思う。
フランツ　まっぴらなんだよ病院なんて。行くとどうされると思う？
ミレナ　え？
フランツ　主治医とやらが大股《おおまた》広げて、カルボナーラの匂いのする指先で肉片をつまみとって僕の口に押し込むんだよ……喉元いっぱいに……やっとのことで呑《の》みくだすんだ……。
ミレナ　……。
フランツ　せっかくこうやって会えてるんだからさ……こんな話はやめよう……。

ミレナ　血を吐いたのよ。

フランツ　もう慣れたよ。

ミレナ　慣れたって、

フランツ　喀血《かっけつ》するようになってから不眠症と頭痛が治ったし、むしろ楽になった。さあ、何か注文しよう。

ミレナ　血を吐いたのに？　食べるの？

フランツ　まずまずなんだよこの店。たまに来るんだ。すみませ（と、言いかけて咳き込み、止まらない）。

ミレナ　（半泣きで）病院行こうよ……。

メニューを持って例のウェイトレスが来た。
眼鏡はかけてない。

ウェイトレス　なにするか。

フランツ　（咳き込みながら）なににする？

ミレナ　（メニューは見ているものの）病院行こうよ。

ウェイトレス　なにするか。

ミレナ　コレとコレ。

フランツ　じゃあ同じの。

ウェイトレス　コレとコレね。（と、まったく違うものを指した）
ミレナ　ううん、コレとコレ。
ウェイトレス　（さらに違うものを）コレとコレ。
ミレナ・フランツ　コレとコレ。
ウェイトレス　コレとコレ。
ミレナ　うんじゃあそれとそれでいい。
ウェイトレス　はいはい。

ウェイトレス、去った。
（その後ろ姿を見つめながら）

フランツ　あの店員、何年か前に来た時は金髪じゃなかったかな……。
ミレナ　え？

それで時代はさらに遡《さかのぼ》り、ミレナが去り、フェリーツェが現れて一九一七年になる。

フェリーツェ　……どういうこと？
フランツ　言った通りだよ……。
フェリーツェ　私達婚約式まで終えたのよ。

フランツ　謝るよ。君の御両親にもすぐに。

フェリーツェ　謝ってなんかほしくないわ。どうしてそんなこと急に言い出すの？

フランツ　僕は何度も手紙に書いたろ。僕達を待ってるのは幸せな夫婦生活なんかじゃない。君を迎えるのは、不機嫌で口をきかない夫に一生つきあわされる、僧院のような生活だ。

フェリーツェ　同意がほしいって言ったじゃない。私は同意したのよ。同行することの同意、目的地がどこであれ。

フランツ　二人が同行することにしても、僕の文学が自己保存の本能から君に向かってはむかうよ。

フェリーツェ　え……。

フランツ　僕の生活を知ってるだろ。夜明けの五時まで書いて、二、三時間眠って、出勤する。君には到底受け入れられない生活だ。

フェリーツェ　（哀願するように）それでいいって言ったじゃない、言ったでしょ。

フランツ　なるほど君は拒否を口にしたりはしない、だけど僕にはわかる。容認は必ずしも問題を受け止めてのことじゃない。いつも君には反感が残ってる。

フェリーツェ　ないわよ反感なんて。

金髪のウェイトレスが出てきた。

ウェイトレス　（フェリーツェに）夫婦の生活には意見の一致ということ以上に個人的な調和が不可欠

フェリーツェ　です。その個人が身近にいることが逆に問題をもたらしますです。難しいこと言わないで。愛し合ってるんだから乗り越えられるわ。もちろん、現実的な条件だってこう一つ一つ、

ウェイトレス　（遮って）で言える条件は簡単よ。口で言えないもろもろもろあって、それがたいじ。それがなくては継続していかないね夫婦生活。

向かいの客　んん確かにそれはそうだと思いますね。男は口数が少なく、孤独好きで気むずかしい文学青年。女は健康でエネルギッシュで、実際的なミーハー娘。しかも妻の方は、通俗的な考え方を全身に帯びている。言う冗談も極めて庶民的です。

フェリーツェ　ほっといてちょんまげ！

向かいの客　ホラね。うまくいくはずがない。

そう言って、向かいの客、ウェイトレス、ブロート、フェリーツェを嘲《あざけ》るように笑った。

フェリーツェ　！

眼帯をつけたせむしのウェイター、現れた。

ウェイター　その通りです。ただ正確に認識することと、それを実践に移すことは、まるで別のことですからね。

ウェイトレス　いざ婚約は済んだもののの、そういった不安がふたたたび、頭をもたたげましたか？
フェリーツェ　はい、もたたげました。
ブロート　（無視しようと必死に笑みをつくりフランツに）ご飯食べよう！　おなかすいた！
フランツ　フランツは日記にも書いています。
「いずれにしても深い溝が残った。気持ちが微妙に揺れている。おりおり情熱がわき立つようにしてフェリーツェへの激しい思いを覚える。しかし、冷静になった時、彼女の位置が定まってくる。妹のオットラはよくわかっている。しかも大方をわかっている」

オットラ、現れた。

フランツ　「友人のマックスもわかっている。しかしフェリーツェはまるでわかってない」

皆、フェリーツェの方を蔑《さげす》むように見た。

フェリーツェ　……！
フランツ　「内的関係といったことで言うなら、彼女は並外れて特別の場所にいる」
ウェイター　男はわかってくれる人、それも女性を求めました。

ミレナ、現れる。

ウェイトレス　バランスの支柱となってくれる人。
オットラ　何度かお会いしましたが、フェリーツェさんは明らかにわかってません。
フェリーツェ　あなた私達に結婚してほしいんじゃないの⁉
オットラ　ふさわしい人になってほしかっただけです。でもなってくれなかった。
フェリーツェ　なこと……！（強引にフランツに抱きついて見せ）愛し合ってるわよ！　ホラ！　愛し合ってる！
オットラ　愛なんか問題じゃないわ。
フェリーツェ　え。
向かいの客　（何事もないかのように注文した）ギョウザ一つ。
ウェイター　ギョウザイーガー。
ウェイトレス　ギョウザイーガー。

ウェイトレスとウェイター、去った。

フェリーツェ　（呆然として）愛が問題じゃないってなによそれ！（混乱しながらも必死に）……まあ、まあいいわ、じゃあ仮に百歩譲って愛が問題じゃないとしましょうか、しましょう！　だとしてもホラ！　二人の間に障害は何もありません！

オットラ　そうよ、悪戦苦闘は兄が勝手に一人でしてるの。
フェリーツェ　なんで！
オットラ　書くことをやめられないからよ。
フェリーツェ　わけわかんない！
オットラ　書くために禁欲的な生活を自分に強《し》いてるのよ。
ポラック　（出てきて）禁欲的？　よく言うね。
ミレナ　（ポラックを押し戻して）あなたは黙ってて。

ポラック、引っ込んだ。

ブロート　（フェリーツェに向かって深々と頭を下げ）お願いだ！　フランツから、書く時間を奪わないでやってくれ。
フェリーツェ　そんなつもりはありません！
ブロート　彼は自分のシステムを持っている。書くためのシステムだ。他人が押し入ってくるのは、たとえそれが妻でも我慢がならないそうだ。
フェリーツェ　控え目でいます！
ブロート　どれだけ控えなきゃならないか君にはわかるまい。
フェリーツェ　控えます！　もう控えまくります。控えてんだか隠れてんだかわからないくらい！
フランツ　無理だよ。

全員がフランツを見た。
静寂《せいじゃく》。

フランツ　……僕は君なしにはいられない……だけど、君と共に生きられない……。
フェリーツェ　そんなムチャクチャな！
フランツ　僕のまわりにはぎっしりと亡霊がいる……日夜僕にまといつき、ぶら下がってくる……追っ払うことなんてできない……一度姿を隠しても、奴らはそのうちまたゆっくりとつめかけてくる……自分が自由でない限り、人と会いたくない。君とも会いたくない。

フランツ、立ち上がり、歩き出した。

フェリーツェ　(呆然と)……。
フランツ　もう手紙は書かない。君も書かないでくれ。

フランツ、去った。
フェリーツェ、愕然《がくぜん》としたまま、置き去りにされた。

フェリーツェ　……。
向かいの客　（観客に）まあ……ね……よくある話だね。格好つけてるけど、下世話な話だよ。なんだかむつかしいこと言ってるけど要はあれだろ、亡霊みたいな女はもうまっぴらだってことだろ。
フェリーツェ　！
向かいの客　いつの時代も男と女なんてもんは、

ふと見ると、いつの間にか、先ほどの、おじぎと呼ばれる男が立っていた。

向かいの客　！
おじぎ　（叫び声をあげた）

フェリーツェとブロート以外の人々は悲鳴を上げて逃げ去り、おじぎもそれを追って去った。
（ブロートとフェリーツェはなぜか反応しない）

風景、変わった。

ブロート　……本当に知らないんだね。

フェリーツェ　知りません。
ブロート　そう……。
フェリーツェ　疑ってますか?
ブロート　疑ってないよ。
フェリーツェ　そんなもの隠し持ってたって仕方ないじゃありませんか。
ブロート　だから疑ってなんかいないよ……ただ……ないからね。
フェリーツェ　あの人が……フランツが自分で捨てたんじゃないですか。
ブロート　(思わず語気荒く) そんなハズはないんだよ!
フェリーツェ　(その語気に驚いて) ……。
ブロート　(自分の大人気なさを恥じる風で) 遺言でね……遺稿はすべて預けるから、出版する努力をしてほしいって……なんだかんだ言っても、やっぱり作家として自分の作品を活字で残したいって書いてあった……。当然だと思うよ……。
フェリーツェ　用件はそれだけですか。
ブロート　え、うん……。
フェリーツェ　じゃあすみませんけど……私これから学校まで子供を迎えに行かなくてはならないんで、
ブロート　ああ……無理言ってすまなかったね……。
フェリーツェ　いえ……。(行こうとした)
ブロート　あ、それからもう一つだけ、

フェリーツェ　はい？
ブロート　手紙……とってあるんだろ。
フェリーツェ　え？
ブロート　手紙だよ。
フェリーツェ　いいえ、全部捨てました……。
ブロート　……そう。

風景止まって、ゲオルクが現れた。

ゲオルク　（観客に）バウアーさんは五百通にのぼる手紙をきちんと保存していました。二度婚約して、どちらの時も決断がつかずに解消を言ってきた男の手紙をです。

フェリーツェ　失礼します。
ブロート　うん。何か、ノートのことでわかったら、申し訳ないけど連絡もらえるかな。
フェリーツェ　はい。
ブロート　どうしても必要なんだ。
フェリーツェ　（間髪入れずに）それじゃあ。
ブロート　……うん。

フェリーツェ、さらに一礼すると去っていった。
ブロート、残された。

ブロート　……。
ゲオルク　別の人と結婚して家庭をもったあと、ヒトラーが政権をとるようになると、ユダヤ人だったバウアーさんはドイツにいられなくなって、スイスに移り、さらにアメリカに渡ったと聞いています。その間ずっと、膨大な手紙の束を持ち歩いてたわけですね。

その間にブロート、座り込んでいた。

ブロート　……。
ゲオルク　（ブロートに）他に心当たりはないんですか。
ブロート　あったらとっくにあたってるよ。（落ち着かない）
ゲオルク　そうですよね。
ブロート　（一人言で）どこいっちまったんだ……。
ゲオルク　（ハッとして）あ、水族館の、あの、天井裏の、ああ！（と、自分の頭をど突く）
ブロート　（呆れて）また別の日の記憶か。
ゲオルク　ええ、というか別の人の（と、ど突く）
ブロート　（理解できずに）え？

ゲオルク　いっそのこと御自分で書かれちゃった方が早いんじゃないですか？
ブロート　なんだって？
ゲオルク　ですからノート買ってきて、御自分で。
ブロート　俺が？　フランツの小説を？
ゲオルク　どうせ未発表なんですから。
ブロート　それ意味ないだろ。
ゲオルク　（ひどく驚いて）意味？
ブロート　なに驚いてんだよ。（と、驚いた）
ゲオルク　（なにを驚くかとばかりに）だって、どうせ未発表なんですよ。誰も読んでないんですよ。
ブロート　馬鹿言うな。
ゲオルク　はあ……。
ブロート　（呆れ果てて）もう行っていいよ。
ゲオルク　はあ……。

ゲオルク、去った。
医者とドーラが現れ、そこはキーアリングのサナトリウムになった。
ブロート、その空間へ入っていく。

医者　何を言ってるんだね、くだらん言いがかりだ。
ドーラ　だって手紙も読んでたじゃないですか。かばんの中の手紙を勝手に。
医者　手紙は読んだ、だが鍵なんか盗ってない。わかるかね。風呂には入った、だが頭は洗ってない。ね。シャワーは浴びた、だが頭は洗ってない。な。床屋には行った、だが頭は、
ドーラ　洗ってください。
医者　頭は洗った、だが鍵は盗ってない。
ドーラ　関係ない。
医者　鍵なんか盗ってどうするんだね私が。
ドーラ　信用できません。

ブロート、ドーラを制したが、

ドーラ　（なおも）合鍵を作ったんじゃないですか。それからそっと戻しておけば、
医者　盗っとらんよ鍵なんか！　頭は洗った、だが鍵は、
ドーラ　（遮って）頭はどうだっていいって言ってるんです。
医者　君が洗えと言ったんだろう！
ブロート　もういいよ、行こう。
ドーラ　でも、

医者　大体不自然じゃないか。私は医者だよ、小説家でもなけりゃ出版社の人間でもない。ましてや書いた本人がつまらんから読まないでくれと言っとるものなんかを、わざわざそんなマネまでして読む必要がどこにあるんだ。

ブロート　大変失礼しました。行こう。

ブロートとドーラ、去っていこうとすると、あの、隣室の入院患者がやってきた。

入院患者　あ。

ドーラ　こんにちは。

入院患者　こんにちは。あの、御愁傷様でした。

ドーラとブロート、一礼して行こうとした。すれ違いざま、入院患者、ドーラの肩をたたいた。

ドーラ　（一礼して、行こうとした）

ブロート　（一礼して、行こうとした）

入院患者　（振り向いたドーラに、ブロートのことを）旦那さん？

ドーラ　違います。

ブロートとドーラ、去った。

入院患者、医者の方へ。

入院患者　誰ですか、あの男。

医者　（興味なく）知らんよ。（そんなことより、煙たそうに）なんだね。

入院患者　検査の結果が気になっちゃって。どうだったのかなと思って。

医者　まだ出とらんよ。

入院患者　またまた。出とらん出とらんて、検査してからもうすぐ二年ですよ。

医者　こまかいところまであれしたからね。

入院患者　にしても二年は。もう随分体調も変わってきちゃってますし。あの頃はまだ元気でしたけど……いやだなあ、これじゃあもし検査の結果が良かったとしても、「ああ、二年前はこんなに健康だったんだなあ」って確認するだけのことになりゃしませんか？

医者　ハハハハハ。

入院患者　笑ってるよ。

と、謎の男が現れて、少し離れた所から声をかける。

謎の男　失礼します。

医者・入院患者　？

医者　どなた。

謎の男　少々伺いたいことがあるのですが……。

入院患者　なんだ？

医者　（そちらに向かい）なんでしょうか。

謎の男　このサナトリウムに、こんな顔をした男は入院していませんか。

謎の男が提示した紙には、今、少し離れた所に立っている入院患者の顔が見事に写生されていた。絵と入院患者の顔を残して明かりが消え、やがて、真っ暗になった。

3

暗闇の中、音楽にのって、自作を読み上げるフランツの声が聞こえてくる。

フランツ　亡くなった父親から動物をゆずり受けた。半分は猫、半分は羊という変な奴だ。強そうな猫に出くわすと逃げ出すくせに、おとなしそうな小羊には襲いかかる。月の夜に屋根の庇《ひさし》をのそのそ歩くのが大好きだ。甘いミルクが大好物で、牙《きば》で嚙《か》みしめるようにしてゆっくりと飲む。私の膝《ひざ》にいると安心らしく、獲物を追いかける気も起こさない。時折、傍らの肘掛《ひじかけ》椅子にとびのると、私の肩に前足をのせ、耳元に鼻づらをすりよせてくる。何かを打ちあけているつもりらしく、私の顔を覗き込み、こちらの反応を確かめようとする。喜ばせてやろうと思い、わかったわかったという風にうなずくと、床にとび降りて小躍りし始めるのだ。

明かりがつくと、そこはプラハの、カフカ家のリビング。
オットラに向かって、フランツが自分の原稿を読んで聞かせている。

フランツ　もしかするとこの動物にとって、肉屋の包丁こそがいちばんの救いなのかもしれない。

だが、せっかくの遺産である。ここはひとつ相手が息を引きとるまで待つとしよう。もっとも、時折分別くさい目でじっと見つめられたりすると、早く殺してくれるよう、せっつかれているようにも思うのだが。（原稿から目をあげて）どうかな。

オットラ　（薄笑いを浮かべ）兄さんはどう思うの？

フランツ　さあね……書いた本人にはわからない。

オットラ　じゃあ私にもわからない。

フランツ　（微笑みながら）何か言ってくれよ。

オットラ　何かか……（考えつつ）何かね……。

フランツ　（言葉を待っている）

オットラ　（フランツをじっと見つめて）好きよ。

フランツ　（笑って）……俺が？　この小説が？

オットラ、それに答えようとしない。

オットラ　悲しい。

フランツ　え？

オットラ　悲しい。

フランツ　君が？

オットラ　こわい。

フランツ　え、何がだよ。
オットラ　弱い。だけど強い。
フランツ　（笑顔で）おい。
オットラ　何か言ってくれって言うから言っただけよ。
フランツ　（じっと見ていたが、やがて、はいはいとうなずく）
オットラ　（それをマネるようにしてうなずく）
フランツ　マネするな。
オットラ　マネするるな。
フランツ　（うなずく）
オットラ　（マネしてうなずく）
フランツ　（嬉しそうに）バカ。
オットラ　バカ。
フランツ　（嬉しそうに）やめろよ。
オットラ　やめろよ。
フランツ　ボヨヨーン　ビコンビコン　プルプルーン。
オットラ　……。
フランツ　（勝ち誇ったように）なぜやらない。
オットラ　……。
フランツ　ビヨヨヨーン、フゲフゲフゲ、ベロンベロンベロン、ボヨンチョ、ズッコーン、

その様子を、寝起きの風で妹（次女）のヴァリが見ていた。

ヴァリ　（冷ややかに）狂っちゃった？
フランツ　（ギクリとした）
オットラ　狂っちゃった。
フランツ　……。
ヴァリ　（フランツに封筒を差し出して）手紙。
フランツ　俺に？
ヴァリ　（ひやかすように）女。
オットラ　……。

フランツ、手紙を受け取る。

ヴァリ　お兄ちゃんまた徹夜？
フランツ　ああ。
ヴァリ　（そして心配するでもない風で）よくもつね体。
フランツ　なんとかね。
ヴァリ　早死にするよ。

フランツ　（苦笑）
ヴァリ　……読まないの？
フランツ　うん、あとで。
ヴァリ　誰フェリーツェさんて、
フランツ　友達。
ヴァリ　友達だ？（と、オットラを見た）
オットラ　（ヴァリから目をそらした）
ヴァリ　（なおもオットラに）友達だってさ。
フランツ　なんだよ。

寝惚《ねぼ》けまなこに寝ぐせのついた髪の毛で、長女のエリが来た。

エリ　おはよう。
ヴァリ　あ、おはよう。
フランツ・オットラ　（口々に）おはよう。
ヴァリ　お姉ちゃん、お兄ちゃんに手紙。
エリ　（眠そうに）ん？
ヴァリ　女のお友達から。女友達から。
エリ　へえ。（それより眠い）

ヴァリ　ああ……眠いんだ。
エリ　気持ち悪い夢を見た。
ヴァリ　また？
フランツ　（とたんに興味を持ち）どんな夢？
エリ　なんかね、雨の降る中をね、棺桶屋《かんおけや》が棺桶を運んでるの。
ヴァリ　（気味悪がって）やだ、朝から。
フランツ　それで？
エリ　買い物袋を下げた女の人とステッキを持った中年の男の人が通りかかって、なんか話を始めるの。
フランツ　どんな話？
エリ　それは覚えてない。あと、アパートの二階の窓からこうやって身をのり出して、洗濯物を干している女の人がいた。
ヴァリ　雨なのに？
フランツ　夢はそうだよ。
エリ　雀が飛んできて、柩《ひつぎ》の上をピョンピョン飛び回ってるの。犬もやってきて、まわりをクンクン嗅《か》ぎ始めるの。
フランツ　それから？
エリ　突然柩の中から音がするの。
ヴァリ　え……。

エリ　フタをドンドンドン！　ってたたく音。
ヴァリ　やだ。
フランツ　(身をのり出して) それから？
エリ　目が覚めた。
ヴァリ　気持ち悪い。
エリ　ね。気持ち悪いのよ。
フランツ　もしそこで目が覚めなかったら？
エリ　え？
フランツ　そのあとどうなってたかな？　ドンドンドン！　音がして。
エリ　わからないよそんなの。覚めちゃったんだもの。
フランツ　想像だよ。
ヴァリ　いいじゃない想像しなくたって。
フランツ　(オットラに) どう思う？　ドンドンドン！
オットラ　(予《あらかじ》め決まっていたことのように) 話をしていた男の人と女の人がワッて言ってとびのくわ。雀《すずめ》が飛び立って不安そうに柩のまわりを飛びまわる。
フランツ　うん。

フランツとオットラの口調は、次第に冷ややかな熱気を帯びてくる。

オットラ　犬が激しく吠《ほ》え始める……ワンワンワンって！　まるで、自分にはこの事態をいち早く察しとる義務があるのに、
フランツ　うかつにそれをしなかった。
オットラ　そう、そのことを後悔するかのように。
フランツ　それから？
オットラ　棺桶屋さんが柩の上にとびのるの、フタが開かないように。
フランツ　フタが開いて中から誰かが出てくるよりは、そうした方がマシだと思ったわけだ。
オットラ　そうね、きっとそう。
エリ　私の夢よ。
ヴァリ　二階で洗濯物干してた女の人は？
オットラ　犬がいっそう激しく吠え始める。
フランツ　うん、雨も激しくなってくる。
ヴァリ　洗濯物は。
オットラ　雀が不自然な飛び方をし始める。
フランツ　なんだか道に迷ったような飛び方だ。
ヴァリ　洗濯物。
オットラ　突然柩が揺れ始める。
フランツ　皆が目を見開いて見つめている。
オットラ　ガタガタ……ガタガタ……。

フランツ　雀がボトリと地面に落ちる。

オットラ　柩はまだ揺れている。

フランツ　ガタガタ……ガタガタ……。

フランツ・オットラ　ガタガタ……。

ヴァリ　会社遅刻するよ。

その言葉をきっかけに時間が停止し、フランツ以外の三人はまるでオブジェのようにこおりついた。同時に、ブロートが、冒頭にも登場したあの編集者二人と共に現れ、オブジェ化した人々や傍観するフランツのいるエリアに入ってくる。

ブロート・フランツ　何を嗅ぎつけたのか、あるいは何か不安を覚えてか、警官がおずおずと近づいてくる。と、その時、柩のフタが勢いよくはじけとんで、一斉に短い叫び声が起こる。棺にしっかりと押し込まれていたものが、

編集者A　（遮って）ブロート先生。

ブロート　（見た）

編集者A　（きっぱりと）もう結構です。有り難うございました。

ブロート　最後まで聞いてみてくれよ。

編集者A　他をあたってください。行こう。

編集者B　失礼いたしました。

二人、歩き出した。

ブロート　待てよ……。

編集者A・B　……。

ブロート　（懇願《こんがん》して）頼む。本にしてくれ。

編集者A　できません。

ブロート　どうして！　確かに今すぐは売れないかもしれない。だけど、十年後二十年後、あるいは百年後二百年後に。

編集者B　ブロート先生は、二百五十歳まで生きるおつもりですか？

ブロート　俺は死んでいるよ！　だけど文学は生き残る。

編集者A　先生、悪いことは言わない。御自分の本のことを、ご自分の生活のことを考えた方がいい。先生の本は面白い。もっと面白くなるハズです。

フランツ　低俗だよおまえの本は。

ブロート　！（フランツはブロートにしか見えない）

編集者B　もっともっとわかりやすく書かれたらいかがですかねえ。そうすればもっと売れる。

ブロート　俺の本のことはいい。

編集者A　よくないでしょう。まず御自分の本を売らないと。あの、誰でしたっけ、

編集者B・フランツ　カフカ。

編集者A　カフカさんの本なんて何冊出たって金になりませんよ。
フランツ　媚《こ》びてるんだよおまえは、売れようとして。
編集者B　失礼かもしれませんが、御自分の本を書かれる時にほんの少し、ちょっぴりですが、カフカさんに近づこうとしていませんか。
ブロート　何を言ってる。
編集者A　中途半端な憧《あこが》れはお捨てになった方がいい。
ブロート　憧れ？
編集者A　あるいは嫉妬ですか。何をうらやむことがあるんです。すでに決着はついてるんですよ。あの人の本は売れない。先生の本は売れる。数字が証明してくれている。（と、オブジェ化したエリとヴァリの間に座った）
編集者B　もっともっと、売れてやりましょうよ。十万部百万部売れてカフカさんを見返してやればいいじゃないですか。（と、やはりオブジェ化したオットラに肘をかけてもたれた）
ブロート　やめてくれ！　そんなことはどうだっていいんだ！　あんた達はまるでわかってない。
フランツ　見透かされてるじゃないか。
ブロート　黙れ！
編集者A　……よく、考えてみてください。落ち着いて、あの、
編集者B　カフカ、
編集者A　カフカさんのことじゃなくて、御自分のことを……。

編集者A、B、歩き出す。

ブロート　待ってくれ！

編集者A、B、立ち止まったが、すぐにまた歩き出した。

ブロート　待て！

編集者A、B、再び立ち止まり、振り向くが、また歩き出した。
ブロート、やにわに懐から銃を出して撃った。
編集者B、倒れた。
それまでこおりついていたエリ、ヴァリが一斉に悲鳴をあげて去った。フランツとオットラは残っている。

編集者A　（編集者Bに）おい！　おい！

編集者A、ブロートを見た。
ブロート、さらに銃を構えるので、編集者A、逃げた。

ブロート　（銃をしまって）なんにもわかってないんだおまえらは！　なんにもわかってない！
どいつもこいつもまるでわかってない！　くそぉ！

ブロート、いつの間にか泥酔状態でへたり込んでいる。
そこは夜の裏通りになった。風の音、犬の遠吠え。
いつの間にか、いい気持ちでほどよく酔っ払った一組の中年夫婦がやってきてブロートを見ていた。毛皮のコートを身に纏い、いかにも金持ち風である。

酔っ払い・夫　おい、大丈夫かいあんた。
ブロート　ああ？
酔っ払い・妻　こんなところで死んだら肺炎で寝てしまうわよ。あら違った、こんなところで寝たら肺炎で死んでしまうわよ。
ブロート　死んじまえばいいんだよ。
酔っ払い・夫　だいぶ酔っ払ってるな。（と言う自分も足元がおぼつかない）
酔っ払い・妻　よかったらウチに来る？
酔っ払い・夫　バカ、そんなこと言ってウチに来ちゃったらどうするんだよ。
酔っ払い・妻　駄目なの？　奥から七つ目の寝室が空いてますよ。ほら、ともかく立って。
ブロート　撃つぞ、おまえらも撃つぞ。
酔っ払い・妻　（冗談めかして）あら撃つの？（と、立たせる）

酔っ払い・夫　（やはり冗談めかして）勘弁だな撃たれるのは。
ブロート　（指ピストルで夫を）バーン。
酔っ払い・妻　（ふざけて）うっ！
酔っ払い・夫　俺だよ撃たれたのは。
酔っ払い・妻　さ、ともかく歩きましょ。

二人の酔っ払いに支えられ、ブロートは歩き始めた。

酔っ払い・妻　寒いわ、こごえそう。
ブロート　ちっくしょう。
酔っ払い・夫　この間もね、雪の中で一人、浮浪者がね、
ブロート　死んじまえばいいんだ。
酔っ払い・夫　うん、そう言われてしまうと終わっちゃうんだけどね。
酔っ払い・妻　ウチはあったかいわよ。最新の石油ストーブを買ったの。
酔っ払い・夫　バカ。本当に来ちゃったらどうするんだ。
酔っ払い・妻　いいじゃないの。

そんなことを言いながら三人、去った。
風景変わって、そこはベルリンのアパート。例によって明かりが明滅している。

オットラが、その仄暗《ほの》い部屋の中、死んだフランツと会話している。

オットラ　覚えてる？

フランツ　え？

オットラ　昔、机に向かってる兄さんにしつこく話しかけてたらさ、これをやるから表で三輪車に乗って遊んでろって言って、プラムを一個くれたのよ。

フランツ　そうだっけ？

オットラ　だけどあたし、プラムの味が気に入らなくて、ドブに捨てたの。

フランツ　(笑って）ひどいな。

オットラ　あとで罪悪感に駆られて、ずっと謝ろうと思ってたんだけど……。

フランツ　うん。

オットラ　……ごめんね……プラムをドブに捨てて……。

フランツ　……うん。

オットラ　……。

フランツ　二人でよく一緒に、ほら、モルダウ川の林に行って、動物の死骸《しがい》を探したのを覚えてるか？

オットラ　うん。家のわきの蔦《つた》の陰をお墓にしたよね。

フランツ　そうそう、鳥が多かったな。雀や駒鳥や、

オットラ　ミソサザイ。

フランツ　うん。
オットラ　小枝で十字架を作って。
フランツ　そうだそうだ、デタラメなお祈りを言ってたな。
オットラ　湿っぽい土に、鳥の、死んだ目が触ったわ。
フランツ　うん。
オットラ　……。
フランツ　早いもんだな。生まれたばかりの君を抱いて、おふくろが病院から帰ってくるのをブラインド越しに見てた……おやじが、「三人続けて女だ!」って言って……。そうだ、君の枕元に座ってた看護婦から、小さな四角いスイス・チョコレートをもらったんだよ……看護婦がスイス、スイスって言ってるんだ。僕にはその言葉の意味がまだわからなかった……なんか、スイスイした感じだなってことだけでさ。（笑った）
オットラ　（笑った）
フランツ　オットラ。
オットラ　……なに?
フランツ　ありがとう。
オットラ　……。

フランツ、去っていく。
ワインの瓶が入った紙袋を手にしてドーラが来た。

ドーラ　ただいま。
オットラ　……。
ドーラ　どうしたの？
オットラ　いいえ。おかえりなさい。
ドーラ　ごめんね手伝わせちゃって、でもおかげですごい助かった。（明滅する明かりを指して）これ、買ってこようかとも思ったんだけど、なんかもったいないような気がしちゃって。駄目だね。貧乏性が治らない。
オットラ　手紙に書いてありました。「二人してベルリンの街中を、安い石油探して歩き回った」って。
ドーラ　そうそう。でも結局ね、近所で売ってるのより11クローネ安い石油を探すために18クローネ使っちゃったから意味なかった。（笑った）疲れて市電に乗ったり、カフェで休んだりしちゃって。
オットラ　（笑顔で）意味あります。
ドーラ　うん……そうだね……。
オットラ　あります。
ドーラ　うん……ネクタイとシャツ、思い切って全部寄付してきちゃった。救世軍のトラックが止まってたから後ろに放り込んできた。
オットラ　そうですか。

ドーラ　うん。全部引き取るわけにはいかないしね。
オットラ　ええ。
ドーラ　うん。しょうがないよね。
オットラ　ええ。
ドーラ　そう思う？
オットラ　え？
ドーラ　しょうがないって。
オットラ　……ええ。
ドーラ　そうだよね。
オットラ　……そうですよ。
ドーラ　うん……。
オットラ　ええ……。
ドーラ　……。
オットラ　……。
ドーラ　なんだか、いたたまれない気持ちになっちゃって……。
オットラ　……。
ドーラ　自分が、よりによってあたしがフランツのネクタイを投げ捨ててるのかと思うと……見ないようにしても、色や模様が目に入ってきて、いちいちいろんな記憶がさ……。
オットラ　……。

ドーラ　……ごめんねなんか……自分ばっかり。
オットラ　いえ……。
ドーラ　そうだ……ワイン買ってきたの。飲もうよ。
オットラ　高かったんじゃないですか。
ドーラ　んん、安いやつ、貧乏性だから。飲もうよ。
オットラ　はい。あ、あたしが。（と、奥へ）
ドーラ　グラス洗わないとあれかも。（と、自分も奥へ）
オットラ　（声だけ）はい。

ドーラ、机の上に置かれたフランツの衣服に目をやった。

ドーラ　……。

ドーラ、それを広げてみた。じっと見つめる。

ドーラ　……。

照明が、それまでずっと倒れていた編集者Bの周辺に移る。
傍らに、ドーラが見つめる服と同じものを着たフランツが立っている。

編集者Bはいつの間にか、あの入院患者になっていた。

フランツ　どうしました？
入院患者　(苦しそうに) すみません、大丈夫です。
フランツ　(入院患者を抱き起こして) 痛むんですか。
入院患者　呼吸が……。
フランツ　担当医は？　ホフマン先生？
入院患者　ええ……。

ドーラ、そちらの空間へ。

ドーラ　(フランツを発見して) ……どうしたの⁉
フランツ　ホフマン先生を呼んで。
ドーラ　はい……。

ドーラ、走り去った。

入院患者　急に息ができなくなって。なんかこう、入ってこないんですね空気が。吐くことはできるんです、吐くことはできるんですけど吸っても空気が入ってこない。つまりこう、

なんていうか、
フランツ　喋らない方がいい。
入院患者　ええ。……もう二年近くも検査の結果が出てないんですよ。
フランツ　（奥にあるらしいベンチを示し）とりあえずそこのベンチで。
入院患者　はい。恩に着ます。何か力になれることがあったらどうぞ遠慮なくおっしゃって、
フランツ　喋らない方がいい。
入院患者　はい。

二人、引っ込んだ。
明かり変わった。

ブロートの声　（酔っていて）おーい！　ドーラさん！　ドーラ！　オットラ！
酔っ払い・妻の声　（笑いながら）ちょっと、御近所迷惑ですよ。
ブロートの声　いいんだよ、んなの、文句言う奴はあれだ、
酔っ払い・妻の声　撃ち殺すのね。
ブロートの声　はい。

ドーラが、ワインの注がれたグラスを両手に現れた。
ブロートと例の酔っ払い夫婦が入ってくる。

手には何着かの衣服やネクタイ。

ブロート　あ、いた。
ドーラ　酔っ払ってるんですか?
ブロート　(否定して)んん。
酔っ払い・夫　ベロンベロンだよ。
ドーラ　すみません。お酒飲めないのに……。
酔っ払い・妻　(驚いて)あらそうなの⁉

ワインの瓶を持ってオットラが来た。

ドーラ　(ネクタイや服を見て)それ……!
ブロート　おみやげ。ほら。あいつがつけてたネクタイにそっくりだろ。(次々と提示)ホラ。ホラ。
酔っ払い・夫　いや、この人がどうしてもって言うからね。
酔っ払い・妻　救世軍のトラックから、ちょっとね。
ドーラ　!
ブロート　(ドーラに)バーン。
ドーラ　……。

酔っ払い・夫　おっ不死身だよこのお嬢さんは。

酔っ払い・妻　さ、じゃあ私達は失礼しましょ。

ブロート　なんで。

酔っ払い・夫　いやなんでって、

ブロート　飲んでってくれよ。ここはね、親友のアパートなんだから。ね、いいよね。

ドーラ　ええ、でも、明かりも切れかかってるし、散らかってて、

ブロート　全っ然いい。（夫婦を指して）こいつらだってこんなだもん。

酔っ払い・妻　なんですかこんなって。

ブロート　さあほら、入って。（と、上段へ）

ブロート、おぼつかない足どりで中へ。

酔っ払い・妻　（夫へ）いいのかしら。

酔っ払い・夫　ウチに来られるよりマシだろ。

酔っ払い・妻　だからどうしてよ。

ブロート　ほら！　殺すよ！

ドーラ　大丈夫なんですか？

ブロート　何が。フランツのアパートだぞ。

ドーラ　そうですけど、そうじゃなくて。

ブロート　（夫婦に）あんた達が入らないなら、俺が出てくよ。
酔っ払い・妻　（一瞬よくわからなかったが）じゃあ入りましょ、ね。
酔っ払い・夫　うん。
酔っ払い・夫婦　（口々に）おじゃまします。
ブロート　そうだよ。フランツのアパートなんだから。
オットラ　借りたのはドーラさんだわ。
ブロート　!?

短い間。

ドーラ　（とりつくろうように）どうぞどうぞ。ワイン飲みますか?
ブロート　（ドーラを見たまま生返事で）飲む。
オットラ　（じっとブロートを見たまま）見つかったんですかノート。
ブロート　（不機嫌に）見つかんないよ。
酔っ払い・夫　ノート?
酔っ払い・妻　なんのノート?
ドーラ　飲みましょう。ワイン。

ドーラ、グラスを取りに行こうとした。

オットラ　（制して）あたし行きます。

オットラ、引っ込んだ。

間。

ブロート　……誰かが嫌がらせをしてるんだよ……。誰かがフランツをいなかったことにしようとしてるんだ……。

ドーラ　……そんな……。（冗談にしようとするが笑えない）

ブロート　捨てるなよ……。

ドーラ　え……!?

ブロート　（ネクタイを掲げ）捨てたんだろ……見えたんだよ、あんたがトラックに投げ込むのが……。

ドーラ　……。

酔っ払い・夫婦　……。（なんとなく空気を察し、早くも居づらくなった）

ブロート　フランツ・カフカのネクタイだぞ……え！　現代で最も意味深い作家だよ！　この世を唯一、はっきり見た人間の眼差しを何故誰もわかろうとしない！　……あいつが何故死んだかわかるか!?　……え!?　……あんまりしっかり見過ぎて、目をつぶろうとしなかったからだよ……！　世の中と折り合いがつけられなかった！　だけど俺は知ってるぞ……フランツ・カフカはいた……！　フランツ・カフカはいたんだ……！
俺は知ってるよ……！　フランツ・カフカはいた……！

オットラ、戻ってきていた。

オットラ　そんなの誰だって同じだわ。
ブロート　……なに……⁉
オットラ　兄さんに限らない。人間はみんないつか忘れられていくのよ。
ブロート　フランツ・カフカだぞ……。
オットラ　自分だけがあの人をわかってるようなこと言わないで。
ブロート　なんだと……。
ドーラ　（オットラを制して）オットラさん。
ブロート　（ボソリと）おまえだな……。
ドーラ　……え⁉
ブロート　おまえが隠したんだな……！
オットラ　……違うわ！
ブロート　返せ！
オットラ　隠してなんか、
ブロート　（遮り、大声で）嘘つくな！　返せ！

ブロート、周囲の者が止める間もなくオットラに摑みかかった。
悲鳴。

ドーラ　やめて！
ブロート　返せ！
ドーラ　やめてよ！

ブロート、もみあったあげく、引き離され、尻もちをついた。
しばしの静寂――。

酔っ払い・妻　やっぱり失礼しましょうか。
ブロート　帰るな！
酔っ払い・妻　（間髪入れずに）もうちょっといましょう。ね。

オットラ、奥へ去る。

ドーラ　オットラさん。
オットラ（声）　平気です。ごめんなさい。

ドーラ　……乱暴はやめてください……。
ブロート　……。

ドーラ、オットラを追って奥へ。

酔っ払い・妻　あら？
ブロート　？

酔っ払い・夫婦、突然一斉に走り出し、逃げ去った。

ブロート　！

明かり、別のエリアへ移る。
フランツと入院患者（二人共パジャマ姿）が来た。

入院患者　はいはいありますね、シュテーグリッツ公園。
フランツ　砂場にいると思います。雨が降っても、屋根があるんです砂場には。
入院患者　ああ。
フランツ　フランツの代わりに来たと言えばわかると思いますが……。

入院患者　はい。でも外出許可が下りなくなったとか言ってもわかりますかね、四つの子供に。
フランツ　あ、いえ、病気のことは言わないでください。サナトリウムに入院してることも言ってませんから。
入院患者　はあ……。
フランツ　仕事が忙しいってことにしといてもらえますか。一応、プロレスラーってことになってますんで。
入院患者　（ギョッとして）プロレスラーですか⁉
フランツ　ええ……「なんのお仕事してるように見える？」って聞いたらプロレスラーだって言うから……「当たり」って……。
入院患者　ああ、言っちゃったんだ当たりって。
フランツ　（あたりまえに）言いましたねえ。
入院患者　ああ……どうして見えたんでしょうねえプロレスラーに。
フランツ　四つですから。
入院患者　四つですからね。喜んでました彼女？
フランツ　ええ、まったく疑ってません。
入院患者　四つですからね。
フランツ　はい。（手紙を渡して）じゃあこれ、すみませんが、
入院患者　はい確かに。えーと、ミランダちゃんでしたっけ。
フランツ　ユーリエ。

入院患者　全然違った。（と、笑った）
フランツ　（不安そうに）……。
入院患者　ユーリエちゃんね。
フランツ　いいですか、くれぐれもこれを書いたのは僕じゃありませんからね。
入院患者　わかってますわかってます。
フランツ　書いたのは、
入院患者　人形の、ゲルトルーデちゃん。
フランツ　ヨゼフィーネ。
入院患者　（笑顔で）あれえ⁉
フランツ　（不安がこみあげて）……本当に大丈夫ですか？
入院患者　大丈夫です大丈夫です。大丈Vです。（笑った）
フランツ　……。
入院患者　女の子がユーリエちゃん、人形がヨゼフィーネちゃん……プロレスラー、シュテーグリッツ公園、砂場、はいはい……ユーリエ、ゲルトルーデ、
フランツ　ゲルトルーデは出てきません。
入院患者　わざとですよわざと。
フランツ　……よろしくお願いします。
入院患者　承《うけたまわ》りました。

フランツ去って、明かり変わり、入院患者の前に、２場のラストでサナトリウムに入ってきた、あの謎の男が現れた。
男の正体は、今、フランツの口から名前が出ていた四歳の女の子、ユーリエの父親らしいことが次の会話から察せられる。神経質そうで、極めて物覚えの悪い男である。

ユーリエの父　よくわかりませんね、お話が。
入院患者　ですから私は頼まれただけなんですよ、やだなあ。本当ですよ。頼まれたんです。
ユーリエの父　娘がなくした人形にですか⁉
入院患者　いやいや、だから、人形が書いたっていうのは嘘ですよもちろん。
ユーリエの父　嘘なんじゃないか！
入院患者　（必死に）私じゃないですもん嘘ついたのは。
ユーリエの父　では娘が嘘をついたと⁉
入院患者　いやいや。
ユーリエの父　人形？
入院患者　違いますよ！　だからもう死んじゃったんですよその人は。嘘だと思ったらホフマン先生に聞いてみてくださいよ。
ユーリエの父　ホフマン先生？
入院患者　さっきの医者ですよ。
ユーリエの父　死んだのはプロレスラー？

入院患者　いえ、ですから、

ユーリエの父　ホフマン先生は生きてますよ。さっき会ったじゃないですか。

入院患者　ホフマン先生？

ユーリエの父　んん……。（と、頭を抱えて悩んだ）

入院患者　（ので呆気にとられ）そんなに難しい問題じゃないですよ……まあ確かに当事者がいないからちょっとややこしいことにはなっちゃってますけど。ですからね、ミランダちゃんが、

ユーリエの父　ミランダちゃん？

入院患者　じゃない、ゲルトルーデちゃん、いやプロレスラーちゃん、んなわけない、

ユーリエの父　ホフマン先生？

入院患者　いやいや、娘さん。

ユーリエの父　ユーリエ？

入院患者　ユーリエユーリエ、ユーリエが泣いてたんですって、ある日フランツさんが公園に散歩に行ったら。

ユーリエの父　フランツさん？

入院患者　だから死んだ人です。

ユーリエの父　ああ……。（ギョッとして）死んだのに散歩を⁉

入院患者　いや散歩は生きてる時です……！　本気で言ってます？

ユーリエの父　何故泣いていたんですかユーリエは。

入院患者　だから何度も言ったじゃない。人形をなくしちゃったからですよ。
ユーリエの父　（わかってんだかどうなんだか、大きく納得して）ああ。

別の空間に、フランツ（パジャマではない）と、四歳のユーリエ、現れた。音楽。ユーリエの父と入院患者は、その風景をじっと見守る。

フランツ　元気を出すんだ。君のお人形はね、ちょっと旅行に出ただけなんだよ。ほんとうだよ。おじさんに手紙を送ってくれたんだ。
ユーリエ　うん。
フランツ　（手紙、という言葉に大きく反応するが、疑ってる風で）ヨゼフィーネちゃんが？
ユーリエ　おじさんに？
フランツ　そう。
ユーリエ　そのお手紙持ってるの？
フランツ　いや、お家《うち》へ置いてきちゃった。明日ここに持ってきてあげるよ。
ユーリエ　本当？

ドーラが現れ、以降、観客に語りかける。

ドーラ　サナトリウムの病室に戻ったフランツは、大真面目《まじめ》で手紙を書き始めました……。ま

フランツ　るで作品の創作にとりかかるみたいに……。その手紙の中で、人形はこう説明していました。

ドーラ　（ユーリエに）私はもう、同じ家族の中で暮らすのに飽きてしまったのです。ユーリエのことはとてもとても好きだけど、しばらくの間は離れて暮らしたいのです。

入院患者　人形は、三日に一度、三日に一度手紙を書くことを約束していました。それでフランツは実際に、三日に一度、とても長い手紙を書いて女の子に渡したのです。何日かすると、女の子は人形をなくしたことなど忘れてしまって、代用として提供されたフィクションに夢中になっていました。

ユーリエの父　（観客に）まあ、見ちゃいけない見ちゃいけないと思いながらも毎回中を開けて読んでたんですけどね。どんなんだろう。四歳のガキ相手にあれだけ真剣にあれするっていうのは。

（観客に）私はまだ全体の五分の二くらいしか話が飲み込めていません。ともかく、公園で似顔絵描きをやっていた老人が、ある日、私にこの絵を渡して忠告してくれたんです。

似顔絵描き、登場。

似顔絵描き　ほんに危ない思うよあれは。変質者の顔よあれは。誘拐されるよ。監禁されるよ。ほれ、絵描いておいてやったから。

そう言って似顔絵描きが広げた似顔絵は、今、ユーリエの父が広げている似顔絵とはまったくタッチの違ったものだったので、似顔絵描きは慌ててそれを隠した。

ドーラ　手紙の中では繰り返し、新しい冒険が報告されていました。人形達特有の生活リズムに合わせた、とてもテンポの速い展開で。人形は成長し、学校に通い、他の人達と知り合いになっていきました。そして、女の子に繰り返し誓ったのです。

フランツ　（ユーリエに）ユーリエのことは今でも変わらず、いいえ、前より会えない分だけ、もっともっと大好きです。

入院患者　（観客に）「大好きなんだけど、生活がいろいろむずかしいとか、いろいろ興味をひかれることがある、だから今のところまだ一緒に暮らすことができない」とかなんとか書いてあって。私なんかからすると、女房と離婚できない中年男が不倫相手に言い訳してるような文面に思えたんですけどね……。それでね、やっぱりある時、言われちゃったんですよ。そりゃそうだ、いい思いばっかりしようと思ったってそうそううまくいきません。

ユーリエ　（きつい口調で）いつ帰ってくるの？

フランツ　え。

ユーリエ　（イライラと）ヨゼフィーネちゃんよ！　いつユーリエのところに帰ってくるの⁉　ねえいつ⁉

フランツ　それは、
ユーリエ　（遮って）ユーリエのことが好きなんでしょ⁉
フランツ　好きだよ。そう書いてあったろ。
ユーリエ　だったら早く帰ってきてって言って！
フランツ　……。
ユーリエの父　（観客に）何があったのか皆目見当がつきませんが、ユーリエは毎日、泣いていました。
似顔絵描き　ほれみぃ。いたずらされてたんよ。
ユーリエの父　（観客に）何か、手紙のようなものを持って、手放そうとしないんです。ヨゼフィーネちゃんとかなんとかつぶやいて、誰なんでしょうヨゼフィーネちゃんて。
入院患者　だから人形の名前ですよ。
ユーリエの父　（初めて聞いたかのように）人形。
入院患者　聞いてんのか人の話。
ユーリエの父　皆目見当がつきません。
入院患者　⁉
ドーラ　フランツは、どうやってこの物語の結末を締めくくればよいのかを、ずっと考えあぐねていました……頭をかかえてふさぎ込んだかと思えば、突然ベッドにつっぷしたり……本気で悩んでいました……。そして結局、人形を結婚させることに決めたのです。彼はまず婚約者の青年のことを、結婚にあたっての様々な準備を、若い新婚の二人の

フランツ　家をことこまかに描写しました。こうして、避けられない断念への足場を作った上で、最後にヨゼフィーネは言ったのです。

ユーリエ　（ユーリエに）あたし達が将来、もう二度と会えないことを、そしてそれをあきらめなければならないことを、ユーリエ、どうかあなたにもわかってほしいのです。あたしが愛する人と結婚して、幸せになることを祝福してくれますか？

フランツ　幸せになるの？　愛する人と結婚すると？

ユーリエ　そう……あたしの幸せを祝福してくれますか？

フランツ　……うん……おめでとう。

ユーリエ　（笑顔で）ありがとう。ユーリエ。

うん……。

フランツ、ユーリエ、似顔絵描き、ドーラ、去った。
それで、そこには、それらの一部始終を眺めていた入院患者とユーリエの父、それから別の空間でじっと物思いに耽る、酔ったブロートの三人だけが残った。

入院患者　わかって頂けましたか……？

ユーリエの父　なるほど……。

入院患者　ええ。

ユーリエの父　それで……ユーリエは今、どこにいるんです。

入院患者　ですから知りませんよ！　娘さんの行方不明とこのことは関係ないんですって。
ユーリエの父　金ならありません！　娘を返してください！
入院患者　だから違うんですよ！　今日だって私、彼女に手紙渡そうとせっせと書いてきたんですから（と、封筒を提示して）ホラ。そんな、いなくなったなんてもう全然。
ユーリエの父　見せてください。
入院患者　え。
ユーリエの父　手紙。
入院患者　いえいえ子供向けですから。フランツさんが死んだからって終わらせるのは惜しいでしょ、ですから、内緒で私が続きをね……いや前よりはかなり面白くなってると思うんですけどね、自分で言うのもなんですけど……。
ユーリエの父　じゃあ読ませてください。
入院患者　いや……。
ユーリエの父　じゃ読みません。読みませんから見せてください。
入院患者　（疑いの目で）ええ……？
ユーリエの父　殴られたくなかったら見せてください。（ポケットから石を出し）ホラ、いつも私、石を握って殴るんです。
入院患者　（封筒を反射的に差し出した）
ユーリエの父　（受け取るなり封を切った）
入院患者　あ。

ユーリエの父　（読んでいる）

入院患者　……。

明かり、ゆっくりとフランツのアパートへ。静寂。

ドーラが戻ってきた。

ブロート　（不意に）すまなかった……。

ドーラ　……オットラさんに言ってあげてください。

ブロート　……うん……。

少しの間、再び静寂。

明かり、入院患者の書いた娘への手紙を読むユーリエの父に戻った。

入院患者、そろりそろりと去っていこうとしていたが、

ユーリエの父　（不意に）なんだこれは。

入院患者　（気まずく）ええ。

ユーリエの父　ヨゼフィーネって誰だ。

入院患者　ですから人形です。

ユーリエの父　デカマラスは。

入院患者　あ、それは、ヨゼフィーネの、愛人、三番目の。
ユーリエの父　モーテルウィーンの森は。
入院患者　モーテルです、ウィーンの森にある。
ユーリエの父　ロウソクは。
入院患者　ロウでできてる、ソク。
ユーリエの父　デカマラスのデカマラがっていうのは。
入院患者　ああそれはひっかけてるんですね、デカマラスとデカマラを。

と、突如入院患者走り出し、ユーリエの父、追って去った。
ブロート、粗末なゼンマイ仕掛けのおもちゃを手にしている。
ブリキでできた太鼓をたたく象の人形である。

ブロート　……これは、フランツの？
ドーラ　ええ。オットラさんに。
ブロート　ああ。
ドーラ　オットラさんが初めてフランツにあげた誕生日プレゼントなんですって。
ブロート　へえ。

ブロート、おもちゃのネジを巻き、置いてみるが、人形はピクリとも動かない。

ドーラ　……壊れてるんです、ゼンマイが切れてるみたい。
ブロート　そうか……。
ドーラ　私の知らないあの人がいっぱい見つかっちゃって。
ブロート　……。だいぶ片づいたの？
ドーラ　オットラさんが手伝ってくれたけど……思ったより進まなくて……。
ブロート　そう……。
ドーラ　おそろしいんです……触るだけでも。
ブロート　……。
ドーラ　こんなにおそろしいことだと思わなかった、死んだ人間が遺していったものと向き合うのが。
ブロート　……。
ドーラ　このネクタイ、この服、クローゼットの中でずっと待ってたんですよ……もう二度と戻ってこない人間に着てもらうのを、ひっそりと。
ブロート　ああ。
ドーラ　引き出しを開ける度、クローゼットに首をつっこむ度、なんだか、他人の心の中の秘密の場所を荒らしまわってるみたいで。
ブロート　……すまない。
ドーラ　見つからないものは、あの人が見つからないようにしてるんですよ。

ブロート　……。
ドーラ　成り行きにまかせて、そっとしておいてあげてもらえませんか。
ブロート　……。

と、その時、不意に声がした。

声　ごめんください。
ドーラ　（ドキリとして）！　はい……。

ユーリエの父が大きな荷物を手に現れた。

ユーリエの父　フランツ・カフカさんのお身内の方ですか？
ドーラ　はい、まあ、……そうですけど。
ユーリエの父　私、ユーリエ・ブロッホの父親の、グスタフ・ブロッホと申しますが。
ドーラ　ユーリエ……ユーリエちゃんの？
ユーリエの父　はい。
ドーラ　どうなさったんですか？　今日は、キーアリングから？
ユーリエの父　ええ、実は今日は、これを。
ドーラ　は？

ゲオルク、現れて観客に向かって語り出した。

ゲオルク　（観客に）かばんの中味は皆さん御想像の通りです。青い八ツ折判ノート八冊と、大型の四ツ折判ノートが数十冊。

ブロート　ああ！

と、その時、突然、壊れているはずの象のおもちゃが動き出した。

二人　！

間。

象は太鼓をたたいている。

ドーラ　……。

ドーラ、近づき、おもちゃを手にした。

その瞬間、おもちゃ、動かなくなった。

ドーラ　……。

ドーラ、おもちゃをゆっくりと抱きしめた。

音楽。

ゲオルク　（観客に）ブロッホさんの娘さんは、フランツさんが亡くなって、あの男が書くようになった手紙を見るなり、叫んだそうです。

ユーリエ、出てきた。

ユーリエ　（手紙を手に）ヨゼフィーネちゃんの字じゃない！

ユーリエ、去った。

ゲオルク　来る手紙来る手紙ニセの筆跡だと知った四歳の子供が、どうしたと思います。フランツさんからもらっていた手紙の封筒にあった住所をたどって、ベルリンまでやってきたんです。四歳の子供が、一人で、キーアリングから、ベルリンまで。鍵がかかっていたので、塀を伝って窓から入ったそうです。まるで泥棒です。まあ泥棒なんですけど。どうしてノートを盗んだかって？　そりゃあ、もちろん、ノート一面に書いてある文字がヨゼフィーネちゃんの字だったからですよ。

風景変わり、ゲオルク、アパートだった空間へと入っていく。

ドーラとユーリエの父は去る。

ゲオルク　かくして一件落着、ブロート様はノートに書かれた遺稿の数々に深い感銘を受け、いっそうの決意を固めて出版への準備に臨んだのですが……。

音楽、止まった。

ゲオルク　……どこにも取り合ってくれる出版社はありませんでした……。

エピローグ

ブロート、一心に机に向かっている。

ゲオルク　やはり、おやめになった方が……。
ブロート　うるさい。
ゲオルク　……まずいと思いますよ。
ブロート　おまえなんて言った。見つからないなら自分でお書きになったらどうかって言ったんだぞ。
ゲオルク　御自分でお書きになるのならまだあれですけど、
ブロート　（自分に言い聞かせるように）ちょっとだよ。ちょっとアレするだけだ。
ゲオルク　はあ。（時計を見て）三回忌には行かれないんですか？
ブロート　これが一番の供養《くよう》だよ。
ゲオルク　……そうでしょうか。
ブロート　……そうだよ。

神父が現れ、別のエリアはフランツの墓になった。

神父　（おごそかに）わたしは知る……わたしをあがなう者は生きておられる……のちの日に彼は必ず地の上に立たれる……わたしの皮がこのように滅ぼされたのち、わたしは肉を離れて神を見るであろう……主よ、あなたは世々われらのすみかでいらせられる……山がまだ生まれず、あなたがまだ地と世界とを造られなかった時、とこしえからとこしえまで、あなたは神でいらせられる……あなたは人をちりに帰らせて言われます、「人の子よ、帰れ」と……魂よ、生命の樹に結ばれたまえ……。

その間に、フェリーツェが、ミレナが、ドーラが、オットラが喪服姿で現れる。祈りの言葉が終わる頃にはフランツが、墓石の傍らに、彼らと向かい合うようにして立っている。
列の中から一人、ドーラがゆっくりとフランツに歩み寄った。

フランツ　（ドーラに）久し振り。
ドーラ　久し振り……。
フランツ　……元気？
ドーラ　（笑顔で）元気。
フランツ　……元気で。
ドーラ　……ありがとう。

ドーラ、墓石の上に献花し、手を合わせた。

ゲオルク　（観客に）ドーラ・ディアマントさんは一九三三年、ゲシュタポの家宅捜索を受けて書類を押収され、カフカさんに関わるものの一切を失いました。イギリスに逃れて、一九五二年、亡くなっています。

ドーラが列に戻ると、入れ替わるようにミレナがフランツに歩み寄った。

フランツ　（ミレナに）久し振り。

ミレナ　久し振り……。

フランツ　……元気？

ミレナ　……元気よ。

フランツ　……元気で。

ミレナ　……ありがとう。

ミレナ、墓石の上に献花し、手を合わせた。

ゲオルク　（観客に）ミレナ・イェセンスカさんはあまり幸せとはいえない夫婦生活を続けたの

ち、コミュニストとみなされて逮捕され、ラーベンスブリック強制収容所へ送られて、そこで亡くなりました。一九四四年のことです。

ミレナ、列に戻り、フェリーツェがフランツに歩み寄った。

フランツ　（フェリーツェに）久し振り。
フェリーツェ　久し振り……。
フランツ　……元気？
フェリーツェ　うん、元気……。
フランツ　……元気で。
フェリーツェ　……ありがとう。

フェリーツェ、献花し、手を合わせた。

ゲオルク　（観客に）フェリーツェ・バウアーさんは永年連れ添った御主人の死後、一九五五年、カフカさんの手紙を公表することに同意しました。ニューヨークで、出版社の人間に手紙を渡す瞬間、その束の上につっぷすようにして激しく泣いたと聞きます。一九六〇年、カルフォルニアで亡くなっています。

フェリーツェ、列に戻り、最後の一人、オットラがフランツに歩み寄った。

フランツ　（オットラに）久し振り……。
オットラ　……久し振り。
フランツ　……元気？
オットラ　（うなずいた）
フランツ　……元気で。
オットラ　……ありがとう。

オットラ、献花し、手を合わせた。

ゲオルク　（観客に）オットラさんを始め、カフカさんの三人の妹は皆、強制収容所に送られ、別《わか》れ別れにされたあと、ポーランドのどこかで、いつとも知れず、ガス室の犠牲になりました。

オットラ、列に戻った。

ゲオルク　（フランツに）お久し振りです。
フランツ　（それは聞いていない風で）みんなありがとう。

ゲオルク　いえいえ、ブロート様がどうしても急な仕事で来られなくなってしまって……お元気ですか。
フランツ　（やはりそれは聞かずに）元気で。
ゲオルク　はい。

フランツ、去った。

ゲオルク　（観客に）私、ゲオルク・フリードリッヒ・マイヤーは……、えー、……（きまり悪そうに）実在しません。

女性達、ゲオルク、去った。
編集者A、Bが現れる。ブロートがその空間に加わる。

編集者A　ある田舎の医者が、真夜中に往診を頼まれて出掛けていく。
編集者B　ベッドの中の少年は一見したところ健康そのもので顔色もいい。
編集者A　だが、あらためて見直して気がついた。
編集者B　右の脇腹、腰のところに、掌いっぱいほどの傷がパックリと口を開けている。
編集者A　（読むのをやめて）ブロート先生、ほんともう、結構なんですよこういうのは。
編集者B　パックリと口を開けちゃうようなヤツは。

ブロート　最後まで読んでください。それで駄目なら、キッパリとあきらめますから。

編集者A　（気乗りせず）キッパリもパックリも。……（仕方なく読み）薔薇色の大きな傷で、中心部は黒ずみ、まわりにいくほど明るい色をしている。

編集者B　（気持ち悪そうに）いろいろな形の血の塊がこびりついている。

編集者A　その時、傷の中から魔法使いが現れました。

編集者A・B　!?

ブロート　……。

編集者B　「おまえの望みをかなえてあげましょう」

編集者A　そこで少年はまず傷を治してくれるようお願いし、医者かプロゴルファーになりたいと言いました。

編集者B　なんか、愉快じゃないですか。

編集者A　これ、ちょっと面白いな。

ブロート　（複雑な心境で）そうですか。

編集者B　（黙読して）……。（吹き出した）

編集者A　（同じく）……（笑った）これ、いいんじゃないかな。

ブロート　本当ですか。

編集者B　ええ、笑えますよ。

ブロート　（とても素直に喜べず）そうですか……。実は原稿に私、ちょっと手を加えちゃってるんですけどね。

編集者A　（どうでもよさそうに）問題ないんじゃないですか。
ブロート　ですよね。
編集者B　ええ、問題ないですよ。
ブロート　そうですか……。（最早後悔の念の方が強い）
編集者A　さっそく社に戻って上の者と検討してみます。
ブロート　（思わず制して）あ……。
編集者A　は？

　　　間。

ブロート　……いえ……よろしくお願いします。
編集者A　はい。

　　　音楽入って、
　　　そこはいつの間にかパーティー会場に。
　　　神父は一瞬にして出版社の社長に、フェリーツェ、ミレナ、ドーラの三人は、色違い同タイプの上着を羽織り、同種の眼鏡をかけて出版界の、なんか、頭の悪そうな人達になった。

社長　大変お待たせ致しました。私、クルト・ヴォルフ社の代表取締役であります、クルト・ヴォルフと申します。

皆、大きな拍手。

社長　えー、皆様すでに御周知の通り、先月、当社より出版されましたマックス・ブロート先生の著書、『健康とベッド』が、発売後一週間で、とても売れました。ブロート先生、どうぞこちらへ。

ブロート　(必死に笑顔を作り、皆に一礼をするとうつむいた)

皆、大きな拍手。

社長　ブロート先生はこのあとも、当社から故・フランツ・フカフカ氏の遺稿をまとめた単行本『医者と魔法使い』を出版される予定であり、これも私、読ませて頂きましたが素晴らしい出来でペラペラ、ペラペラ、ペラペラ、

皆、大拍手。

社長　えー、本日は、ペラペラー、ペラペラー、

皆、大拍手。

社長　（列席している女性達を指して）お美しいペラペラペラー、

大拍手。

社長　ペラペラペラペラペラー、

大拍手。

社長　ブロート先生ペラペラー、

大拍手。

社長　思います。

一段と大きな拍手。

社長　さあ……陽気に参りましょう、この世は素晴らしい……！

音楽にのって、編集者A、B、社長は、業界の女性達とそれぞれ二人一組になってワルツを踊り出した。

と、踊る人々の中を、フランツがぬうようにして去っていくのが見えた。

ブロート　フランツ……！

フランツ、聞こえないのか、ゆっくりとした足どりで踊る人混みの中へとまぎれてゆく。

ブロート　フランツ！

フランツ、その声が聞こえてか否か、振り向いたような――。

だが、その姿はすぐに人々と、音楽にかき消された。

音楽、いっそう高鳴り、人々は満面の笑顔で、踊る。

ゲオルク　（観客に）翌日ブロート様は出版社から原稿を引き上げました……フランツさんとブロート様の夢の競作はまぼろしとなったわけです……フランツ・カフカの名前がよう

やく世界に知られるようになるのは、約二十年後のことです……。

音楽がさらに高鳴り、すべては闇に包まれた。

了

あとがき

フランツ・カフカの名前を聞いたことが無い人はいないだろう。が、多くの文豪と同様に、彼が書いた小説を読んだことのある人間となると、その数は驚くほど少ない。この戯曲を手にしてくださった方も、この芝居を観に来てくださった方も、カフカの小説、ことに長編小説は、未読の方が圧倒的に多いのではないだろうか。舞台に出てくれたキャストにも「かつて『変身』だけ読んだことがある」という者が多かった。『ドクター・ホフマンのサナトリウム』も『カフカズ・ディック』も、カフカ作品未読の人が読んだり観たりしても支障ないように書いたつもりであり、二作を共通の字幕から始めたのも、初心者への配慮である。『カフカズ・ディック』の初版戯曲のあとがきには、稽古の最初に、私がご丁寧にも、俳優たちに「読む必要は無い」とわざわざ伝えたとさえ記されている。とは言え、今は、少なからずカフカ作品に触れたことのある人、カフカの人となりに明るい人の方が、よりこの戯曲より楽しめるだろうと感じている。

だからと言って、ここでカフカについて解説を始めてしまうと、ただでさえ厚い本がもっと厚くなり、価格も上がってしまうだろうからやめておく。興味をもってくれた方はウィキペディアでも検索していただきたい。かなり長大で詳細な説明が載っているはずです。あるいは故・池内紀氏の名著『カフカのかなたへ』（青土社・講談社文庫）をぜひ。拙宅にはこの本がなぜか四冊もあり、カフカに思いを馳せる時には常に傍らで開かれているのです。そしてなによりもカフカの小説を読んでみてほしい。時間のない時に焦って読み進めるような読み方では決して楽しめない類の作品群だけれど、落ち着いてじっくり読めば、きっと世の中の見え方が変わる。私がカフカという作家を信頼するに至った一番の理由は、そこに書かれたことが打算や計算によるものではなく、彼の目に映ったそのままだと感じられたからだ。彼は不条理を作りだそうとしたわけではなく、彼の見た世界が不条理だった。フランツ・カフカは見えているものを素直に書いただけだ。そう思えて仕方がない。悲しいことだけれど、二〇一九年の世の中は、かつてよりずっと不条理に感じられる。かつては大きな異和感を伴ったカフカの眼差しも、今やすんなりと受け入れられやすくなってしまっている。ともかくこの戯曲をきっかけにカフカの読者が増えてくれれば、こんなに嬉しいことはないのです。

さて、この本に収録された二作が書かれた時期には十八年もの隔たりがある。この間に、劇団で上演した『世田谷カフカ』（二〇〇九）という作品もあり、こちらは長編三作をコラージュしながらカフカを論評する、風変わりなカフカ論とでも言うべき舞台だった。どうやら私はカフカに頼らないと十年は芝居を続けられないらしい。とすると、百二十歳までこの仕事を続けるとして、あと六作は「カフカもの」を書くことになるわけだ。カフカもいい迷惑だろう。ごめんカフカ。

『ドクター・ホフマンのサナトリウム～カフカ第4の長編～』は、二〇一五年だったか、KAAT神奈川芸術劇場で何かやらないかと、芸術監督の白井晃さんに誘っていただいた際に、かねてから温めていた「カフカの小説の捏造」を提案し、四年弱かけて実現した公演である。当初は「第4の長編の遺稿が発見された」というフェイクだけで宣伝を貫き、台本上は、その遺稿の戯曲化のみ、つまり純粋に小説に書かれた世界だけを描くつもりだった（書かれていないのだけれど）。考えを変えるきっかけになったのは二〇一九年二月、その年の上演ラインナップの発表を兼ねた記者会見でのことである。ズラリ出席した演出家陣の、一人当たりに与えられたコメント時間が短かったこともあろう。後日SNSに掲載された紹介文には「カフカの遺稿が発見されたことによって起こる騒動を描く」とあった。やろうとしていることとはまったく違う。こりゃマズい。と慌てて訂正してもらった。で、その後しばらくして、ちょっと待てよと思ったのだ。それはそれで面白いかもしれない、と。

お客さんのことを悪く言うつもりは毛頭ないが、お客さんなんてものは、観に行った芝居を誰が書いて誰が演出したかなんて、知ったこっちゃないのではないか。いや、この戯曲を読んでくれた方はそんなことも無かろうけれど、大きな興行ほどそうした傾向が強いのは事実だ。副題に「カフカ第4の長編」とあり、「カフカ第4の長編の舞台化」と宣伝されていりゃあ、「カフカが書いた第4の長編の舞台化なのだなぁ」と思われたって仕方ない。ある程度騙せなければフェイクをやる面白味がない一方で、あまりに騙してしまうとカフカにも失礼だし私も釈然としない。

結果、散々悩み抜いた末にこのようなメタ構造の戯曲となった。そのことが良かったのか悪かったのかはわからない。ほとんど二本立てを書くようで、執筆が重労働になったのは間違いないが。多層構造にしたことにより、必然として客観的な眼差しが加わった。トータルでの印象において、客観が主観より上位に感じられることがないよう周到に書き進めたつもりだ。

『カフカズ・ディック』終盤の要となったエピソード、すなわち、「散歩中のカフカが公園で人形を失くした少女と出会い、人形になり変わって手紙を毎日書いて少女に渡した」という逸話を、こちらではさらに膨らませ、結末を変え、少女の孫が外側の世界の主人公となった。人形の名前も少女の名前も『カフカズ・ディック』と同じにしてあり、この二作はそうした部分においても連作なのである。言うまでもなく、少女(ユーリエ)がカフカの死後、彼のアパートに行き、結果原稿のノートを盗んだというのは完全な捏造だ。その他にも時系列や地理的要素はかなり事実を捻じ曲げていることをお断りしておく。

というわけで『カフカズ・ディック』も半分フェイクの評伝劇である。ブロートとの関係が軸だが、妹のオットラや、恋人たち＝フェリーツェ、ミレナ、そしてドーラとカフカのやりとりを書くのはとても楽しかったことを、細部はほぼ忘れてしまっている今でも思い出す。ビタースイートな小品だ。ウエットになるのを恐れて『ドクター・ホフマン〜』では蒸し返すことをしなかった彼女たちの、その後のひどいとしか言いようのない末路も、こちらでは架空の人物を通して語らせている。その代わりと言うわけでもないが、『ドクター・ホフマン〜』ではラスト、カーヤとガザが、列車を降りるべく階段を駆け上がるシーンの背後に、生演奏の音楽と共にヒトラーの演説を流した。過剰にポジティブな印象から逃れようとして初日前日に思いついたアイデアだ。野暮な演出ながら満足している。そんなことをしておいてこんなことを言うのもなんだが、舞台が暗転した後、若い二人が、待ち受ける過酷な運命から逃れる術はないのだろうか。

最後に、上演に携わってくださったすべての方に感謝。観てくれた方、読んでくれた皆様に感謝。この本の刊行を快諾してくださり尽力いただいた論創社の森下雄二郎氏と、出版に向けて奔走してくれたマネージャーの浅見氏に感謝。そして誰よりもフランツ・カフカと、彼を私に届けてくれた池内氏、天国のお二人に、これ以上ない感謝を。

二〇一九年十一月

ケラリーノ・サンドロヴィッチ

〈引用参考文献〉「ドクター・ホフマンのサナトリウム」
『絶望名人カフカの人生論』カフカ著、頭木弘樹編・訳（新潮文庫）
『カフカ最後の手紙』J・チェルマーク　M・スヴァトス編、三原弟平訳（白水社）
『山猫からの手紙』より「眠れる森の美女」別役実著（三一書房）
『風に吹かれてドンキホーテ』より「卵の中の白雪姫」別役実著（三一書房）
『アラバール戯曲集1　戦場のピクニック』より「戦場のピクニック」フェルナンド・アラバール著、若杉彰訳（思潮社）
『アラバール戯曲集1　戦場のピクニック』より「二人の死刑執行人」フェルナンド・アラバール著、若杉彰訳（思潮社）

〈引用参考文献〉「ドクター・ホフマンのサナトリウム」、「カフカズ・ディック」
『カフカ小説全集第一巻　失踪者』カフカ著、池内紀訳（白水社）
『カフカ短編集』カフカ著、池内紀編・訳（岩波文庫）
『カフカ寓話集』カフカ著、池内紀編・訳（岩波文庫）
『カフカのかなたへ』池内紀著（講談社文庫）
『カフカの恋人たち』ネイハム・N・グレイツァー著、池内紀訳（朝日新聞社）
『フランツ・カフカの生涯』エルンスト・パーヴェル著、伊藤勉訳（世界書院）
『孤独の発明』ポール・オースター著、柴田元幸訳（新潮社）ほか

◇上演記録
「ドクター・ホフマンのサナトリウム　～カフカ第4の長編～」

【公演日時】
2019年
11月7日（木）～24日（日）　KAAT神奈川芸術劇場〈ホール〉
11月28日（木）～12月1日（日）　兵庫県立芸術文化センター 阪急 中ホール
12月14日（土）～15日（日）　北九州芸術劇場 中劇場
12月20日（金）～22日（日）　穂の国とよはし芸術劇場PLAT 主ホール

【キャスト】
カーヤ／ドーラ……多部未華子
ラバン／ガザ／編集者D／フランツ・カフカ　他……瀬戸康史
兵士A（バルナバス大尉）／ホフマン　他……音尾琢真
男2（ブロッホの友人）／社長　他……大倉孝二
乗客／アマーリア／レニ（列車の中の妊婦）／別の看護婦　他……村川絵梨
女1（ブロッホの妹フリーダ）／女3（ユーリエの母）／
オルガ（レニの母）／看護婦　他……犬山イヌコ
乗客／編集者B／ピアンタ（食堂の女主人）／グレーテ／人形の声　他……緒川たまき
男1（ブロッホ）／軍人　他……渡辺いっけい
女2（フリーダとブロッホの祖母）／少女（ユーリエ）／
マルベリ（ラバンとガザの母）／マグダレーナ　他……麻実れい

乗客／男４（カバンを届けに来た男）／編集者Ａ／車掌／司令官　他……谷川昭一朗
乗客／兵士Ｂ（クラム中尉）　他……………………………………………武谷公雄
乗客／男３（ユーリエの父）／編集者Ｃ／太った退役軍人　他　………吉増裕士
乗客／インドラ　他　……………………………………………………………菊池明明
社長の秘書／門衛主任　他　……………………………………………………伊与勢我無
墓にいる男／処刑人　他　………………………………………………………王下貴司
少女（ユーリエ）　他……………………………………………………………菅　彩美
救急隊員／若い兵士（トルソー中尉）／処刑人　他　………………………斉藤　悠
タイピスト　他　…………………………………………………………………仁科　幸
郵便配達　………………………………………………………………………鈴木光介

〈演奏〉
（Tp）：鈴木光介
（Vn）：向島ゆり子　〈左記以外〉
（Vn）：高橋香織　〈11／2・16、兵庫、豊橋〉
（Gt）：伏見　蛍
（Per）：関根真理

〈声の出演〉
アナウンス：白井　晃

【スタッフ】
作・演出：ケラリーノ・サンドロヴィッチ

振付：小野寺修二
映像：上田大樹
音楽：鈴木光介

美術：松井るみ
照明：関口裕二
音響：水越佳一
衣装：伊藤佐智子
ヘアメイク：宮内宏明
演出助手：山田美紀
舞台監督：福澤諭志　竹井祐樹
プロダクション・マネージャー：平井　徹
技術監督：堀内真人

演出部：鷲北裕一　宇野圭一　梶原あきら　鈴木サオリ　深沢亜美
照明部：瀬戸あずさ　小沢葉月　三上彩菜
音響部：本村　実　桜井有未　田中優美子　常田千晴
映像部：玉木将人
衣装部：阿部朱美　篠原直美　寺岡寛恵
ヘアメイク部：門永あかね　小林朋子
大道具：唐崎　修
大道具製作：C-COM　舞台装置　美術工房拓人

小道具：高津装飾美術
特殊小道具：土屋工房
劇中人形製作：渡辺数憲
特殊効果：ＢＩＧ ＳＨＯＴ　ＧＩＭＭＩＣＫ
美術助手：久保田悠人
振付助手：崎山莉奈
映像助手：新保瑛加
衣装助手：伊藤真弓　山口幸奈
衣装製作：小島紀子
衣装協力：ブリュッケ
ヘアメイク助手：前田真里
ヘアメイク協力：コスメソフィア　ＴＶ＆ＭＯＶＩＥ
レコーディングミュージシャン：長尾麻未
運搬：マイド
台本進行：瀬藤真央子　陶山浩乃　武岡宏樹　大久保遼　村田千尋
宣伝：ディップス・プラネット
営業：大沢 清
票券：金子久美子
広報：菅原 渚
宣伝美術：榎本太郎
宣伝写真：尾嶝 太
宣伝ヘアメイク：稲垣亮弐

制作：小沼知子　桑澤 恵　藤野和美　小田未希
プロデューサー：伊藤文一
制作統括：横山 歩

協力：ヒラタインターナショナル、ワタナベエンターテインメント、アミューズ、クリエイティブオフィスキュー、キューブ、青年座映画放送、梅田芸術劇場、ラウダ、アクロスエンタテインメント、ノックアウト、プリッシマ、ダックスープ、アクトレインクラブ、ティコ・ディコ、センターラインアソシエイツ、カンパニーデラシネラ、&FICTION!、balance,inc.DESIGN、モックサウンド、ブリュッケ、M's factory、ＳＴＡＧＥ ＤＯＣＴＯＲ、スマイルステージ、マルーラスタッフサービス、オフィス・ＲＥＮ

神奈川公演［主催］ＫＡＡＴ 神奈川芸術劇場
兵庫公演［主催］兵庫県　兵庫県立芸術文化センター
北九州公演［主催］公益財団法人北九州市芸術文化振興財団
　　　　　［共催］北九州市
豊橋公演［主催］公益財団法人豊橋文化振興財団
　　　　　　　　メ〜テレ　メ〜テレ事業

企画製作　ＫＡＡＴ 神奈川芸術劇場

◇上演記録

origato plastico vol.1「カフカズ・ディック」

【公演日時】

《東京公演》本多劇場　２００１年1月26日（金）〜2月4日（日）

《大阪公演》近鉄小劇場　２００１年2月6日（火）・7日（水）

【キャスト】

フランツ・カフカ……小須田康人

マックス・ブロート……山崎 一

医者／おじき／酔っ払い……田山涼成

男１／編集者Ａ／ポラック／大家／ユーリエの父……三上市朗

男２／編集者Ｂ／入院患者／ウェイター……正名僕蔵

ゲオルク／ゼリグ／向かいの客……廣川三憲

ミレナ／掃除婦……内田春菊

オットラ……松永真珠

フェリーツェ／大家の妻／酔っ払いの妻／ユーリエ……広岡由里子

【スタッフ】

作・演出：ケラリーノ・サンドロヴィッチ

照明：関口裕二（balance.Inc.）

音響：水越佳一（モックサウンド）

舞台美術：奥村泰彦

舞台監督：青木義博

衣裳：加藤寿子
宣伝美術：坂村健次
宣伝イラスト：野中和美
演出助手：岩波クグル
舞台監督助手：森 映
チラシ・パンフレット写真：吉川信之
制作助手：篠原眞理子
制作：大矢亜由美
製作：森崎事務所

協力：西荻ウェンズスタジオ、オフィススリーアイズ、ライターズカンパニー、ボックスコーポレーション、東京乾電池オフィス、イイジマルーム、大人計画、シリーウォーク、シスカンパニー、パパドゥ、ダックスープ

〈掲載記録〉『カフカズ・ディック』
初出誌　季刊『せりふの時代』（2001年春号、小学館）
『カフカズ・ディック』（2001年、白水社）

ケラリーノ・サンドロヴィッチ

劇作家、演出家、映画監督、音楽家。1963年1月3日生まれ。

82年、ニューウェイヴバンド「有頂天」を結成。また自主レーベルであるナゴムレコードを立ち上げ、数多くのバンドのアルバムをプロデュースする。85年、劇団健康を旗揚げ、演劇活動を開始。92年解散、93年にナイロン100℃を始動。99年、『フローズン・ビーチ』で第43回岸田國士戯曲賞を受賞し、現在同賞の選考委員を務める。2018年秋の紫綬褒章を始め、第66回芸術選奨文部科学大臣賞、第24回読売演劇大賞最優秀演出家賞、第26回読売演劇大賞最優秀作品賞（ナイロン100℃『百年の秘密』）など受賞多数。音楽活動では、有頂天、ケラ&ザ・シンセサイザーズ、鈴木慶一とのユニットNo Lie−Senseなど各種ユニット、ソロによるライブ活動や新譜リリースを精力的に展開中。

ドクター・ホフマンのサナトリウム〜カフカ第４の長編〜

2019年 12 月 1 日　初版第 1 刷印刷
2019年 12 月10日　初版第 1 刷発行

著　者　ケラリーノ・サンドロヴィッチ
発行者　森下紀夫
発行所　論 創 社
東京都千代田区神田神保町 2-23　北井ビル
電話 03 (3264) 5254　振替口座 00160-1-155266
装丁　榎本太郎
組版　フレックスアート
印刷・製本　中央精版印刷
ISBN978-4-8460-1889-4　